"Hechizos y Maldiciones"
Historia Sobrenatural de Misterio y Brujería

Serie Las Brujas de Lainswich - Libro 2

Copyright @ 2018
Raven Snow

Esta historia es una obra de ficción. Los nombres, personajes, negocios, lugares, eventos e incidentes son productos de la imaginación del autor, utilizados de manera ficticia y no deben interpretarse como reales. Cualquier parecido con personas reales, vivas o muertas, o eventos reales es pura coincidencia. Los productos o marcas mencionados son marcas comerciales de sus respectivos titulares o empresas. La portada utiliza imágenes con licencia y se muestran solo con fines ilustrativos. Cualquier persona que pueda estar representada en la portada son simplemente modelos.

Edición v1.02 (2021.06.16)

Agradecimiento especial a los siguientes lectores voluntarios que ayudaron con la corrección. Muchas gracias por su apoyo.

Capítulo uno

Era una noche muy tormentosa cuando David Richardson condujo el costoso automóvil de la compañía a través del jardín de flores de los Greensmith. Rowen había bajado las escaleras y estaba abriendo la puerta en su bata antes de que hubiera tocado la puerta.

—¿De qué se trata todo este ruido? —su tía Nadine llamó desde el primer descanso de las escaleras.

Rowen salió al porche delantero para interceptar al joven ebrio que se tambaleaba por las escaleras. Sólo lo había visto una vez, pero reconoció ese elegante traje y corte de pelo. Era el hermano mayor de su novio, Eric. Que estaba haciendo aquí, sin embargo, Rowen ni siquiera podía imaginarse.

La primera acción de David al entrar en la casa fue vomitar en la alfombra. Rowen retrocedió del asco, y Nadine dio un grito de disgusto desde las escaleras. Esa alfombra tenía al menos cien años.

Toda la casa ya estaba despertándose. Las primas de Rowen, Rose, Willow, Peony y Margo se acercaron a donde estaba Nadine. Por el pasillo, la tía Lydia sacó la cabeza de la puerta de su habitación, con una máscara de sueño empujada hacia arriba en la frente.

—¿Qué diablos está pasando? —Preguntó.

—No tengo ni idea —admitió Rowen, pero tenía la sensación de que probablemente debería llamar a Eric. Mientras tanto, no podía dejar que David se desmayase en su entrada. Hizo todo lo posible para guiarlo hacia el baño.

—Levántate —le indicó—. Por aquí.

David se tapó la boca con una mano e hizo todo lo posible para cooperar. Al menos, estaba lo suficientemente sobrio como para mantener su cuerpo en pie durante el camino. Se fue tambaleando al baño, con ella mostrándole el camino.

—Llama a mi hermano —gritó antes de caer de rodillas e inclinarse sobre el inodoro.

Rowen arrugó la nariz y salió.

—Ya estoy en ello —le aseguró. De hecho, el teléfono ya estaba sonando.

—¿Rowen? —La voz de Eric se oyó en el teléfono cansada y sonando un poco preocupado. Ambos tenían horarios bastante regulares. Era raro que tuvieran una razón para llamarse a una hora tan tardía.— ¿Qué pasa?

—Es tu hermano —dijo Rowen, ya volviendo a la puerta principal. Quería evaluar el daño que David había hecho con su auto.

—¿Qué? —Eric sonaba un poco más despierto, pero todavía confundido.— ¿De qué estás hablando?

—Tu hermano está en mi baño ahora mismo —Rowen salió bajo la lluvia por un momento para alcanzar el coche todavía en marcha y estacionado justo sobre el rosal que ella y sus tías acababan de plantar—. Fantástico. Pisoteó todas las rosas con su coche.

—¿Qué? —Eric preguntó una vez más.— ¿Estás en casa ahora mismo? ¿Qué hace mi hermano en Lainswich?

—Me gustaría poder decirte —dijo Rowen, volviendo a entrar, se deslizó sobre un par de botas de su prima, y corrió bajo la lluvia nuevamente para aparcar rápidamente el coche en algún lugar un poco más apropiado.

—Espera. ¿Qué hermano es? —Eric gimió, y luego respondió a esa pregunta él mismo.— Espera. No me digas. Es David, ¿no?

—Bingo —Rowen no estaba segura de por qué lo había adivinado tan rápido. Ella nunca le había oído quejarse de David. La única vez que lo conoció, parecía formal y serio, tal vez incluso un poco estirado. Si había aprendido algo sobre la gente recientemente, era que nunca se la podía conocer del todo. Diablos, ella nunca había imaginado que su propia Grammy pudiera ser una asesina, pero eso es lo que había sucedido.

Eric gimió.

—Lo siento —Sonaba absolutamente miserable, lo decía en serio—. Yo sólo... Permíteme ayudar a mis padres a cerrar este negocio, y tomaré el próximo vuelo hacia allí.

Rowen abrió la puerta del auto de David y entró para escapar de la lluvia.

—Sabes que volverá a estar sobrio en algún momento, ¿verdad? Puedo hacer que te llame cuando lo esté. En realidad, no tienes que dejarlo todo y correr aquí —Rowen sonrió a sí misma—. No es que no me gustaría...

Eric recibió eso con una risa.

—Estaba a punto de terminar aquí, de todos modos. Planeaba viajar y quedarme un rato. Esto sólo acelera un poco las cosas.

—Bueno, si insistes —Rowen comenzó a estacionar el auto y luego se detuvo—. Creo que, tal vez, tu hermano tiene un problema.

—¿Por qué dices eso?

Rowen sacó una botella de licor vacía de la palanca de cambios.

—Hay varias botellas vacías y toda una farmacia en su auto —Se inclinó para inspeccionar lo que parecía una mancha de sangre en el asiento del pasajero. Qué asco.

Eric suspiró de nuevo.

—Había oído algunas cosas... Realmente lo siento, Rowen. Estoy tan avergonzado.

—No lo estés —dijo Rowen rápidamente, retirando el auto del jardín con cuidado—. No eres culpable por quién es o que hace tu familia. Créeme. Sé lo que es eso.

Rowen estacionó el auto y volvió a entrar. Recuperó a David del baño y lo puso en el sofá. No tenía mucho que decir en su defensa. Después de haber vaciado el contenido de su estómago en el inodoro, simplemente le agradeció y cayó boca abajo en la almohada que ella le dio.

Todas tenían preguntas, pero, una por una, todas volvieron a la cama. Esto no era lo más extraño que había pasado en la casa. Diablos, si la semana pasada el ex marido de Margo, Terry, había derribado el enrejado de flores con su auto, así que este no era ni siquiera el primer accidente causado por conducir ebrio en su jardín este mes.

No, honestamente, Rowen era un poco más feliz desde que volvió a su dormitorio en el ático. Eric regresaría a casa incluso antes de lo esperado. Habían pasado dos semanas desde que lo había visto por última vez, y eso se sentía como demasiado tiempo.

Podría hasta haber dado las gracias a David... si no hubiera aplastado sus rosas. Extrañaría esas rosas.

Capítulo dos

David ya estaba despierto cuando Rowen bajó a la mañana siguiente. Estaba desplomado en el bar, ignorando con firmeza a la tía Lydia, que parecía estar tratando de hacer que bebiera una taza humeante de algo. Por el olor, Rowen podía adivinar que era el brebaje que siempre preparaba para curar la resaca.

—Yo bebería eso si fuera tú —le dijo Rowen—. También pasé por una época de fiestera yo misma. Esa cosa funciona.

David levantó la cabeza. Había bolsas bajo sus ojos, y estaba mortalmente pálido.

—Yo no estaba de fiesta —le aseguró.

Tía Lydia frunció el ceño y trató de ofrecerle la taza de nuevo.

—A nadie le importa lo que estabas haciendo, cariño. No quiero que vomites sobre otra alfombra.

David se acordó de eso.

—Lo siento. Voy a pagar por ello.

—Ese no es el punto —tía Lydia miró a Rowen—. No me agrada este —dijo en un susurro que podría haber sido privado, si David no estuviera justo ahí.

Rowen sólo se encogió de hombros y terminó de servirse un poco de café. Fue a pararse en el mostrador frente a David una vez que la tía Lydia se había ido.

—Tu hermano está en camino —dijo, tomando un sorbo.

David se encogió, pero asintió con la cabeza.

—Te lo agradezco. Realmente lamento... haber arruinado su alfombra.

—Y el jardín del frente —agregó Rowen.

—¿Cómo?

—Condujiste por todo nuestro jardín.

David gimió y tomó un sorbo de la bebida que Lydia le había preparado. Contuvo una arcada.

—Sigue bebiendo —insistió Rowen—. Sólo trágalo. Te sentirás mejor. Te lo prometo.

David hizo lo que se le indicó y dejó la taza a un lado.

—Lo siento —dijo de nuevo—. Puedo salir de tu casa en un minuto. No puedo imaginar que esa fuera una muy buena primera impresión para tu familia.

—Quédate hasta que Eric llegue —insistió Rowen. No tenía sentido que se fuera. Su familia no podía pensar exactamente menos en él. Su opinión de él no tenía a dónde ir, pero hasta... No es que le importara mucho lo que ellos o cualquier otra persona pensaba de David. Era Eric lo que le importaba. Nunca había oído cosas muy buenas sobre su familia, ni siquiera de él—. O podrías venir a trabajar conmigo.

—Tú trabajas en algún tipo de periódico, ¿verdad? —David preguntó, entrecerrando los ojos contra la luz del día fluyendo a través de las ventanas.

Rowen asintió con la cabeza.

—Soy dueña de un periódico —aclaró. Ella imaginó que ya debería haberlo sabido. Eric había sido quien la ayudó a montarlo todo—. Mis primas trabajan allí conmigo. El *Lainswich Inquirer*.

David asintió.

—Voy a acompañarte, si no te importa —Probablemente no quería que la tía Lydia le forzara otros remedios extraños. Rowen no podía decir que lo culpaba.

—Bueno, nos vamos en treinta minutos. Quizás… deberías tomar una ducha antes de eso —Rowen le señaló en la dirección correcta, y se dirigió hacia allá.

Las primas de Rowen entraron a la cocina después de eso.

—¿Entonces, ese es el hermano de Eric? —Margo preguntó, preparando un poco de café para ella.— Es lindo.

Rose arrugaba la nariz ante esa evaluación.

—Es un desastre.

—Un lindo desastre, sin embargo —insistió Margo. No era sorprendente. Después de todo, se había casado con Terry. Le atraían los problemas.

—Willow recibió una llamada de Jenny, que trabaja en el despacho —intervino Peony—. Suena como algo que pasó anoche.

Eso llamó la atención de Rowen.

—¿Qué fue?

Willow negó con la cabeza.

—No lo sé. A Jenny le gustan los chismes, pero no quería decirme mucho. Debe ser un gran problema.

—Voy a investigar de cerca —dijo Rowen, poniendo su taza en el fregadero—. ¿Podrían asegurarse de que David llegue a la oficina? Voy a pasar por la estación de policía y averiguar qué pasa.

—Claro —dijo Margo, aceptando un poco demasiado rápido y feliz para ser normal. Rowen realmente esperaba que no estuviera buscando tener un romance en el camino.

***

Rowen no era exactamente bienvenida en la estación de policía. Durante todo el caso con Grammy, los había tratado de una manera no muy agradable. Ella y su familia habían estado muy activas durante los procedimientos legales que siguieron. Y aunque difícilmente pudieran arrestar a alguien de su familia por ello, estaba claro que pensaban que su familia había usado algún tipo de brujería para asegurarse de que la sentencia de Grammy fuera ventajosa para ella. No admitirían creer eso, por supuesto, pero Rowen podía decir que era lo que pensaban.

En los meses siguientes, Rowen se había convertido en una especie de espina en sus zapatos a medida que ganaba lentamente su espacio en la ciudad. Ella no trató de hacer su trabajo más difícil, y ciertamente no interfirió con las investigaciones. Sin embargo, la policía local tenía muchas debilidades. Como periodista, sentía que su trabajo era exponerlos, lo que hacía muy a menudo.

El jefe de policía, John, tenía la tendencia de barrer las cosas debajo de la alfombra. Se encontraba en la entrada ahora, bebiendo café, y conversando con Ben. Ninguno de estos hombres era fan de ella. Ambos frunción el ceño cuando la vieron venir.

—No tengo tiempo para esto —dijo el jefe de policía, John Tweed. Le dijo algo en voz baja a Ben y se fue.

Ben, al menos, tuvo la decencia de forzar una sonrisa a medida que se acercaba. Era su ex novio de la secundaria. Con su cabello rubio y su encanto fácil, no era difícil recordar por qué le había gustado. Podría ser un verdadero idiota manipulador, sin embargo. Todavía no lo había perdonado por tratar de engañarla para que implicara a su familia en ese doble asesinato hace un tiempo. Cierto es que, ellos habían sido tanto directa e indirectamente responsables... pero aún así.

—¿A qué debo el placer? —Preguntó Ben.

—Escuché que hubo algo de emoción anoche —Rowen forzó una sonrisa propia. No pasaban muchas cosas en Lainswich. Sabría de qué estaba hablando.

La sonrisa se borró directamente de la cara de Ben.

—¿Jenny te dijo algo? —Se quejó— Realmente necesitamos hablar con ella sobre eso.

—Ella es amiga de Willow —dijo Rowen rápidamente—. No le dió ningún detalle. Sólo le mencionó haber tenido una noche muy ajetreada. Sólo estoy siguiendo los chismes. No la culpes.

Ben miró por encima de su hombro, como para asegurarse de que su jefe no estaba todavía alrededor. Bajó la voz.

—Íbamos a citarte aquí, en realidad. Esto me ahorra una llamada telefónica, supongo.

Rowen frunció el ceño, sin estar segura de lo que le estaba oyendo. No estaba segura de que le gustara. La policía local nunca actuaba abiertamente con este tipo de información sin una razón. Ella dudaba de que la hubieran llamado sólo para darle la primicia.

—¿Por qué? —Preguntó, sus cejas se levantaron.

Ben hizo otra mirada a su alrededor. Frunció el ceño, pensando para sí mismo por un momento.

—Ven aquí —dijo, y lideró el camino hacia la parte trasera donde estaban las salas de interrogatorios de la estación. En su camino, intercambió unas palabras con alguien en un escritorio. Ellos fruncieron el ceño ante Rowen, pero les entregaron una carpeta. Ben la tomó y continuó hasta una habitación.

—No estoy siendo cuestionada sobre nada, ¿verdad? —Preguntó Rowen, permaneciendo en la puerta.

—Sólo quiero hacerte algunas preguntas y obtener tu opinión sobre algo —Ben levantó las manos para indicar sus intenciones inocentes—. No creo que seas una asesina.

—¿Asesina? —Eso alejó a Rowen de la puerta. Fue hasta la mesa y miró en la carpeta que Ben había colocado sobre ella.— ¿Quién fue asesinado?

—Una profesora de gimnasia. La señora Martel —Ben miró a Rowen y luego hacia la carpeta cerrada—. Es muy gráfico.

Claramente, había alguna razón por la que Ben quería que echara un vistazo. El nombre le sonaba vagamente conocido, pero no lograba ponerle un rostro que pudiera identificar.

—Déjame ver —dijo, insistiendo para que abriera la carpeta.

Ben sacó algunas fotos. Martel estaba debajo de una sábana arrugada. Su mano se asomaba por una esquina, inmóvil. Había algo de sangre en lo que parecía ser un sótano a su alrededor. Un círculo había sido dibujado alrededor de la sábana bajo la que se encontraba. Había símbolos extraños dibujados alrededor del perímetro. Velas derretidas que habían sido colocadas meticulosamente alrededor de la habitación.

No era de extrañar que Ben hubiera querido llamarla para hacerle algunas preguntas.

—Piensas que esto está relacionado con el ocultismo —No era una pregunta, sólo una declaración. Obviamente, ese tenía que haber sido su primer pensamiento.

Ben sacó otra foto y la puso encima de la primera. Contenía el primer plano de muchos de los símbolos.

—¿Reconoces alguno de estos? ¿Sabes lo que podrían significar?

Rowen frunció el ceño ante los símbolos durante un tiempo. Pensó en todo lo que sus tías le habían enseñado, y todos los escritos que su Grammy le había mostrado.

—Esto no me resulta familiar —admitió—. Si no te importa que los lleve a casa, podría compararlos con algunos libros de este tipo de cosas —se ofreció.

—Gracias, pero tendré que preguntarle a mi jefe —dijo Ben con un suspiro, y volvió a poner todo en la carpeta.

—¿Cuál fue la causa de la muerte? —Preguntó Rowen, tratando de echar otro vistazo antes de que pudiera cerrarla.

—Buen intento, pero no necesito que pongas esto en el periódico.

—Honestamente, es más curiosidad personal. Estoy un poco nerviosa por esto. Tengo la sensación de que la gente va a apuntar sus dedos hacia nuestra dirección —Odiaba quejarse de sus propios problemas cuando acababa de terminar de mirar una foto de una mujer que había sido asesinada. Sin embargo, era una preocupación real. La opinión de la ciudad sobre ellos podría haber mejorado, pero no había cambiado completamente de la noche a la mañana. No se necesitaría mucho para que cualquier terreno que hubieran ganado se perdiera, rápidamente.

Ben levantó una ceja hacia ella, pero no dijo nada terriblemente crítico.

—Bueno, sólo mantén los hechos como son, si vas a investigarlo. Publicaremos una declaración oficial más tarde hoy.

Rowen asintió con la cabeza. Probablemente conseguiría que una de sus primas la ayudara a escribir un artículo rápido para el blog oficial. La verdadera historia podría ser escrita esta noche, cuando tuvieran más información.

—Bueno, envíame esas fotos si obtienes permiso. Te llamaré —Se dirigió hacia la puerta—. No arrestes a mi familia esta vez, ¿de acuerdo?

Se refirió a esa última parte con un poco de humor negro. Ben no se rió. Ni siquiera le sonrió. Rowen no pudo evitar sentirse un poco nerviosa.

Capítulo tres

Eric llegó alrededor de la hora del almuerzo. Le había enviado un mensaje vago que implicaba que había algún tipo de atraso. Lo último que oyó fue que estaba subiéndose al avión.

Fue como una sorpresa para Rowen cuando la puerta de su oficina se abrió y Eric entró por la puerta. Había una gran sonrisa en su cara en el momento en que puso los ojos en ella.

—¡Eric! —Rowen no pudo evitar sonreír. Saltó de su escritorio y se encontró con sus brazos abiertos.

Eric la envolvió en un abrazo de oso. Arrugaba un poco su bonito traje, pero a ninguno de ellos le importó. Sus encuentros siempre fueron así. La ausencia realmente hacía que el corazón se encariñe más.

Finalmente, Eric se alejó el tiempo suficiente para besarla.

—Te extrañé —dijo, a pesar de que no se había ido por un tiempo inusualmente largo. Si acaso, había vuelto a casa antes.

Los dos llevaban bien su relación de larga distancia. Ambos eran personas ocupadas, pero eso no significaba que no sintieran un gran alivio cuando finalmente estaban en la compañía del otro otra vez. Un día, podrían tener que elegir un lugar para sentar cabeza. Mientras tanto, Rowen no iba a intentar presionar a Eric para que viviera en Lainswich. No habían estado juntos tanto tiempo, incluso si la relación iba mejor que cualquier relación que ella hubiera tenido en el pasado.

Por sentado, sus primas no pensaron que duraría. Las relaciones de las mujeres Greensmith nunca parecían durar más de unos años después del matrimonio. Rowen no estaba seguro de si era una maldición o sólo sus personalidades abrasivas. Afortunadamente, Eric tenía una manera similar con la gente.

—Metí la pata —anunció Eric de repente, colocando su mano sobre sus hombros y empujándola hacia fuera hasta la longitud del brazo.

Bueno, eso puso fin al ambiente.

—¿Cómo? —Preguntó Rowen, ahora ansiosa.

—Mis padres estaban alojándose en el hotel conmigo. Cuando tuve que irme temprano, me preguntaron por qué, y... bien —Eric fue interrumpido por una risa nerviosa de la habitación de al lado.

Rowen miró la puerta cerrada.

—Oh —dijo, dándose cuenta de lo que estaba pasando— Tus padres están aquí.

—Traté de detenerlos —le prometió—. Les dije que podía venir, buscar a David, y luego volver enseguida. Pero se asustaron. David es el favorito. Esperan grandes cosas de él.

—¿Entonces qué, están aquí para una intervención? —Rowen se preguntó cómo David estaría en este momento. La última vez que ella lo vió, estaba durmiendo en el armario del almacén. Estaba oscuro y había un sofá cama allí que no encajaba con el resto de la decoración de la casa.

—Algo así, supongo —Eric se encogió de hombros sin poder evitarlo—. También expresaron cierto interés en conocerte. No sé por qué.

Rowen le dio un empujón suave.

—Gracias.

—¡Tú sabes lo que quiero decir! Nunca he estado con alguien tanto tiempo antes, y hablo mucho de ti.

—¿Nunca has estado con alguien más de un año?

Eric negó con la cabeza.

—Bueno, me siento halagada —dijo Rowen—. O tal vez un poco asustada. Es difícil de decir.

Por muy tentador que fuera, no podían pasar todo el día en su oficina. Ambos se aventuraron a salir al edificio principal. Todos estaban parados, mirándolos incómodamente. Había un semicírculo de sus primas alrededor de una pareja mayor que debían ser los padres de Eric.

Rowen nunca había conocido a sus padres antes, aunque había oído hablar de ellos. Ambos tenían la edad suficiente para tener canas y líneas fuertemente marcadas en su rostro. Estaban vestidos con trajes muy costosos, y la Sra. Richardson llevaba el bolso más elegante y sofisticado que Rowen había visto nunca.

Rose estaba tratando de explicarles acerca del periódico y del blog, como si les importara. En su honor, los Richardson estaban sonriendo y asintiendo con la cabeza. Si los negocios tenían su parte de actuación, lo tenían bien desarrollado. Ambos se volvieron cuando Eric emergió de la oficina de Rowen.

La señora Richardson se acercó y extendió una mano.

—Tú debes ser Rowen —dijo, mientras Rowen tomaba su mano y la estrechó—. No hemos oído nada más que cosas buenas sobre ti.

El Sr. Richardson asintió con la cabeza.

—Nada más que cosas buenas —dijo haciendo eco.

—Eric también habla mucho de ustedes —mintió Rowen, que se sentía como lo correcto. Eric parecía evitar activamente hablar de sus propios padres. La mayor parte de lo que había aprendido acerca de ellos, lo había aprendido por su cuenta. No parecían personas muy cariñosas. Puede que amen a sus hijos, pero nunca sonó como si alguna vez pasaran mucho tiempo con ellos, o incluso que quisieran.

—Eres aún más hermosa de lo que nos dijo —dijo el Sr. Richardson, lo que sonó un poco espeluznante. Si Eric siempre hablaba de ella, casi con toda seguridad les habría mostrado una foto suya.

Rowen no estaba segura de cómo transformar esta conversación en una nueva.

—Su otro hijo está en el armario del almacén de mi casa —Eso se oyó como algo incorrecto que decir. Se borró la sonrisa en ambos, pero hizo avanzar la conversación. Ella les señaló en la dirección correcta, y se dirigieron hacia allí. Eric le pidió disculpas a Rowen tan pronto como sus espaldas se volvieron.

Rowen los vio irse.

—No te preocupes —le susurró—. No pueden ser peores que mi familia.

—Hablando del diablo —murmuró Willow bajo su respiración, atrayendo la atención de todos hacia la entrada.

Tía Nadine y tía Lydia entraban por la puerta principal con bolsas de un día de compras colgando de sus brazos.

—¡Queridas! —cantó la tía Lydia, viniendo a abrazarlas como si no las hubiera visto en semanas—

Estábamos buscando el almuerzo al otro lado de la calle, y pensamos pasar. ¿Cómo están mis sobrinas favoritas? —Ella escaneó la habitación y su mirada se posó en Eric dos veces. Se deslizó las gafas por la nariz como para asegurarse de que sus ojos no la engañaban y dio un grito— ¡Eric, cariño! ¡Qué agradable sorpresa!

Eric tenía paciencia para su familia, al menos. Podrían decirle sin cesar que su relación estaba condenada al fracaso, como todas las relaciones de los Greensmith, pero les agradaba. Eso contaba como algo.

—Llegué temprano —dijo, devolviendo su abrazo.

La tía Lydia dio un paso atrás. Su rostro cambió en una mirada de simpatía.

—¿Es por tu hermano? —Preguntó en uno de sus susurros que no era un susurro en absoluto— Eso fue terrible.

Eric hizo un gesto de disculpas, sin duda con la esperanza de que sus padres no estuvieran escuchando todo esto.

—Lo siento mucho por lo sucedido —le susurró—. Esto es realmente inusual en él. Nunca había pasado antes.

—Nunca conoces a las personas —dijo la tía Nadine con un suspiro. Sus pensamientos probablemente se habían vuelto hacia Grammy.

Justo en ese momento, David y sus padres salieron de la habitación trasera. Todos los ojos se volvieron hacia ellos. David parecía un poco desigual, pero tenía más color que antes, y no parecía que estuviera a punto de arruinar más alfombras. El remedio para la resaca de la tía Lydia probablemente había hecho su trabajo. Los padres de Eric, por otro lado, parecían un poco fuera de lugar.

Richardson puso una sonrisa. Claramente no tenía idea de quiénes eran estas dos nuevas mujeres, pero podía ver que Rowen estaba cerca de ellas.

—Somos los padres de Eric —dijo, en forma de introducción.

Rowen hizo una mueca. Este no se estaba perfilando para ser el mejor día. Podía sentir que un accidente de tren estaba a punto de suceder. Por supuesto, la cara de la tía Lydia se iluminó como si fuera la mejor noticia que había recibido.

—¡Ay, Dios mío! —Inmediatamente soltó a Eric y fue a abrazar a sus padres— ¡Es tan bueno finalmente conocerlos!

La Sra. Richardson fue la primera en ser abrazada. Se lo tomó razonablemente bien, aunque sus ojos estaban un poco abiertos y desconcertados durante los primeros dos segundos.

—Usted debe ser de Rowen... ¿su madre?

—Oh, no —dijo Lydia, pasando a darle un abrazo al Sr. Richardson—. Soy su tía Lydia. Soy la madre de Rose. Ella es adoptada.

Rowen hizo otra mueca, al igual que Rose. Tía Lydia tenía la costumbre de compartir información en exceso y tornar la conversación lo más incómoda que se pueda. Sin molestarse por todo esto, Nadine dio un paso adelante con una sonrisa más calmada que su hermana.

—Soy su tía Nadine. Willow y Peony allí son mis hijas. Es un placer conocerlos, señor y señora.

—Por favor —interrumpió la señora Richardson—. Charles y Lisa.

La tía Lydia finalmente dio un paso atrás. Miró a David contando ovejas entre ellos dos.

—¿Están ustedes en la ciudad por negocios o placer?

—Asuntos familiares —dijo el Sr. Richardson, dándole a David una mirada significativa—. Pero, supongo que tenemos un par de días para quedarnos por aquí. A Lisa le afecta terriblemente la diferencia horaria cuando tomamos demasiados vuelos en pocos días.

—A los dos nos pasa —agregó Lisa—. Y, además, este parece un lindo lugar.

—Lainswich es fantástico. No hay otro lugar en el que preferiría vivir —Tía Lydia pasó a la pregunta inevitable que Rowen había estado esperando escuchar de ella—. ¿Dónde se alojarán todos ustedes?

La pareja intercambió miradas.

—Bueno —comenzó el Señor Richardson—. Eric nos dijo que había un lindo hotel por aquí.

—Oh, no —interrumpió la tía Lydia—. ¡Ustedes son los padres de Eric! Eso los vuelve prácticamente familia. Se quedarán con nosotros.

Y ahí estaba. Rowen ni siquiera trató de detenerla. Respiró profundamente.

Ni tanto el señor como la señora Richardson parecían emocionados por la oferta. Probablemente habían estado anhelando la paz y tranquilidad de su propia habitación de hotel. Tía Lydia era difícil de contrariar cuando se proponía ser amigable, sin embargo.

—No queremos molestar —se aventuró la señora Richardson, como si eso funcionara.

—Ninguna molestia en absoluto —insistió Lydia—. Hay mucho espacio después de... Bueno, estoy segura de que oyeron hablar del asunto con mi madre. Tenemos un dormitorio de sobra ahora.

—Realmente no sería una molestia —agregó Nadine con una cálida sonrisa.

La señora Richardson miró a su marido. Ella levantó las cejas, comunicándole algo en silencio.

—Supongo que vamos a tomarlo en cuenta, entonces —dijo el Sr. Richardson.

La señora Richardson sonrió a las tías.

—Esto es muy generoso de su parte. Lo apreciamos.

—No es ningún problema —les aseguró Lydia—. ¿Están sus cosas afuera? Les mostraremos el camino y les ayudaremos a instalarse.

Lydia y Nadine llevaron a los tres afuera, dejando a Eric, Rowen y sus primas allí para verlos salir.

—Guau —respiró Eric una vez que se habían ido—. Eso no podría haber ido peor.

—Oh, sí, podría haberlo hecho —le aseguró Rowen, poniendo un brazo amorosamente alrededor de su novio ingenuo.

Margo asintió con la cabeza.

—La primera vez que esos dos conocieron a la familia de mi exmarido, leyeron su futuro y sugirieron que debían divorciarse. Y así fue, las cosas terminaron bastante mal entre esos dos. La verdad es que podrían haberse llevado mejor si se hubieran divorciado. Ese no es el punto de todas maneras.

Eric parecía entender el mensaje.

—Supongo que debería seguirlos allí y ver lo que está pasando —Miró a Rowen, como si esperara que ella fuera con él.

—Tu adelántate —A Rowen le hubiera gustado acompañarlo, pero ella no tenía tiempo—. Estamos trabajando en una historia. Hubo un asesinato anoche. La policía cree que tiene relación con el ocultismo, así que... —Rowen se apartó encogiéndose de hombros indefensa.

Afortunadamente, Eric parecía captar el mensaje.

—Qué mal —dijo, que parecía un eufemismo cuando se habla de asesinato—. ¿Supongo que las sospechas podrían caer sobre tú y tu familia?

—Aún no —y con algo de suerte nunca, si Rowen se salía con la suya—. Si cubrimos la historia y ofrecemos nuestra perspectiva sobre ella ahora, espero que eso pueda cambiar un poco las sospechas. Además, estamos tratando de trabajar con la policía, ofrecerles cualquier información que podamos. Ya sabes. —Rowen se puso de puntillas y apretó un beso en la mejilla de Eric— Vas a cuidar de tu familia. Voy a tratar de estar en casa esta noche.

Eric asintió. Parecía reacio a irse después de haber llegado allí, pero era lo que era.

—Llámame si las cosas se salen de control, ¿de acuerdo?

—Cuenta con ello —se dieron un beso y Rowen lo vio salir. Incluso amándolo como lo hacía, ella esperaba no tener que llamarlo. Si tenía suerte, todo esto se resolvería solo.

Por supuesto, Rowen nunca había tenido mucha suerte.

Capítulo cuatro

Resultó que la razón por la que el nombre de la víctima del asesinato le sonaba tan familiar era porque Rowen había ido a la escuela con ella.

Martel había sido una vez Lindsay Jefferson. Una pequeña niña rubia con cara de angelito y actitud diabólica. Ella se había burlado de Rowen y sus primas sin piedad durante toda la escuela primaria. Sus estatus de brujas Greensmith había sido la burla en aquel entonces. Lindsay se había asegurado de que absolutamente todos supieran quiénes y qué eran. Ella les dijo a todos los estudiantes que tuvieran cuidado con ellas y se aseguró personalmente de que no hicieran muchos amigos.

Lindsay había disfrutado de un cierto nivel de popularidad como animadora principal. Después de graduarse de la escuela secundaria, ella había ido a la universidad. Allí había conocido a su marido, Ryan Martel. Rowen recordó haber leído sobre su boda en el boletín informativo que a su vieja escuela le gustaba enviar a los graduados, diciéndoles dónde estaban sus exalumnos ahora.

Rowen se preguntó si pondrían noticias de la muerte de Lindsay en el próximo boletín. Fue una muerte extraña, sin duda. A pesar de que a Rowen nunca le había agradado la mujer, no podía evitar sentir un poco de pena por ella.

Tampoco pudo evitar preocuparse de que su agria historia con ella pintara a su familia con mala luz.

Había habido un comunicado de prensa esa tarde. Naturalmente, ninguno de los grandes medios de comunicación llegó allí. Lainswich tenía su propia forma única de mantenerse fuera de la prensa. Era como si el lugar estuviera, de alguna manera, aislado del mundo exterior. La policía lo sabía y parecía aprovecharse de ello.

Rowen y Margo estaban bajo el clima sombrío con un par de reporteros más en las afueras de la estación de policía. No estaba lloviendo cuando llegaron, pero estaba lloviendo ahora. Margo seguía murmurando algo que sonaba sospechosamente como un hechizo en voz baja. Rowen le dio un golpecito. Incluso si estaba tratando de deshacerse de la lluvia, ahora no era el momento.

—Me está encrespando el pelo —se quejó Margo.

—Pues cuanto lo siento —respondió Rowen. Hacer hechizos durante un comunicado de prensa sobre un caso de ocultismo era sólo atraer más problemas. Rowen empezaba a pensar que toda su familia había nacido, de alguna manera, sin el don del sentido común.

El jefe de policía Tweed salió de la estación sosteniendo una pila de notas. Ben iba detrás de él con un paraguas. Rowen sofocó una sonrisa cuando notó su patética participación.

Una mirada de molestia se posó sobre John Tweed. La expresión en su rostro era la de un hombre que ni siquiera sabía por qué todo esto para un público tan pequeño. Se acercó al micrófono, pero en realidad ni siquiera se molestó en hablar en él.

—Oigan, muchachos —Los llamó a todos un poco más cerca—. Como probablemente ya saben, un cuerpo fue encontrado a las tres y media de esta mañana. El cuerpo era el de una mujer, Lindsay Martel. Una amada miembro de nuestra comunidad, y estamos haciendo todo lo que está a nuestro alcance para llevar a su asesino, o asesinos, ante la justicia. Actualmente estamos investigando todas las pistas posibles, pero tenemos razones para creer que alguna secta de ocultismo estuvo involucrada —al decir esto, los ojos de Tweed se desviaron hacia Rowen y Margo—. Con eso dicho, que les parece si salimos todos de la lluvia, ¿de acuerdo?

—Tengo una pregunta —dijó una de las pocas reporteras presentes, Julia Martínez.

El jefe Tweed negó con la cabeza.

—Ben responderá a cualquier pregunta que puedan tener —dijo, girando sobre su talón y entrando nuevamente a la estación. Evidentemente, no parecía pensar que tan pocos periodistas valían la pena su tiempo. O eso, o simplemente odiaba la lluvia.

Esto, al parecer, también fue una sorpresa para Ben. Frunció el ceño luego de que su jefe regresó ante el pequeño grupo de periodistas frente a él.

—¿Sí? —susurró, infelizmente acurrucado debajo de su paraguas.

Julia comenzó con una lista de preguntas bastante estándar. Rowen esperó a que terminara. Ella hablaría con Ben una vez que Julia terminara. Mientras tanto, miró a Margo.

—Bueno, esto fue una pérdida de tiempo —se quejó Margo.

Rowen miró hacia ella.

—Oh, cállate. Esto es parte del trabajo.

—Es la parte aburrida del trabajo —se quejó Margo.

—Lo siento, el asesinato es aburrido.

Margo no tenía nada que decir a eso. Ella cambió de tema en su lugar.

—¿Nos vamos a casa después de esto? Si David se queda en nuestra casa, asumo que Eric también.

Rowen no pudo mantener la sonrisa fuera de su cara ante ese comentario. Ella asintió.

—Debería, sí —sabía que Margo sólo estaba tratando de convencerla de que volvieran antes. Desafortunadamente, estaba funcionando—. Rose ya ha comenzado a escribir la historia. Le enviaré lo que escuchamos aquí, y luego podremos volver a casa... supongo.

—Eso suena bien —Margo sonrió, contenta de haberse salido con la suya—. Me pregunto si David se sentirá mejor.

—No, Margo.

—¿Qué?

—Ese chico es un desastre. Acabas de deshacerte de otro desastre. No necesitas otro —Ella estaba hablando, por supuesto, de Terry. No le había importado mucho el ex marido de Margo. Rowen tenía la sensación de que David le gustaría aún menos. Ni mencionar que probablemente haría las cosas más incómodas entre ella y Eric. Tampoco quería eso.

Margo sólo se indignó en respuesta, como si fuera ridículo pensar que ella tendría algo así en mente. Rowen la conocía bien, por supuesto. Ella consideró decir lo mismo, pero Julia y su asistente estaban empacando. Se quedaron para ver si Rowen iba a preguntarle a Ben algo que valiera la pena, pero se fueron cuando ella comenzó con la conversación amistosa.

—¿Cómo te ha estado tratando el día, Ben? —Preguntó, ofreciéndole una sonrisa.

Ben se encogió de hombros.

—Largo. Sin embargo, se acabó —Los ojos de Ben siguieron a Julia cuando se fue—. ¿Averiguaste algo más sobre esos símbolos? —Preguntó, una vez que salieron de su vista.

Rowen negó con la cabeza.

—Todavía no —dijo—. No he tenido la oportunidad realmente. Ayudaría si pudieras enviármelos.

—Estoy trabajando en eso —le aseguró con una mirada sobre su hombro. Eso probablemente significaba que el jefe de policía le estaba dando algún problema con eso.

—¿Puede decirnos dónde fue encontrada? —Preguntó Margo, levantando la grabadora y el bloc de notas que había traído. Ella hizo todo lo posible para escribir en este último mientras todavía sostenía su paraguas.

—Acabo de hablar de eso con la Sra. Martínez —dijo Ben, levantándoles una ceja.

Margo se encogió de hombros.

—Lo sé, pero estábamos hablando.

Ben suspiró, pero explicó de todos modos.

—La señora Martel fue encontrada en su casa. Su marido estaba fuera de la ciudad por negocios. La encontró cuando regresó. Los forenses dicen que no había estado muerta por más de unas horas.

—¿El marido tiene un motivo? —Preguntó Rowen.

Ben se encogió de hombros, manteniendo el clima un poco tenso.

—La mayoría de los maridos lo hacen, supongo, pero este tenía una coartada. Fue contabilizado hasta el tiempo de viaje que le llevó llegar del aeropuerto. Ella estaba muerta antes de eso.

Rowen asintió y miró para asegurarse de que la grabadora sentada en el cuaderno de Margo estuviera grabando. Estaba.

—¿Descubriste algo más sobre la secta de ocultismo?

—No estamos realmente equipados para hacer ese tipo de evaluación. No tenemos ningún experto en ocultismo ni nada. Eres lo más cercano a eso de lo que cualquiera de nosotros haya tenido. Todo lo que sabemos es que había velas y símbolos, y que la pobre mujer estaba desnuda, como un sacrificio —Ben respiró profundamente y negó con la cabeza. Parecía frustrado.

—¿Has considerado llamar a algún experto? —Rowen preguntó por una corazonada.

—No está en el presupuesto —Ben le dio una sonrisa tensa como si fuera una idea que él también había tenido—. Supongo que no podrías darme una lista de otros practicantes de ocultismo en la zona ¿no?

—¿Qué? ¿Como brujas? —Rowen intercambió miradas con Margo— No hay realmente nadie aparte de mi familia. Pero estamos muy unidas. No sé si te habrás dado cuenta, pero la comunidad no nos quiere demasiado —Sabía que probablemente no era lo que Ben quería oír, pero era la verdad—. No existe un aquelarre secreto que se encuentre bajo el reparo de la noche o algo así.

Ben parecía genuinamente decepcionado.

—Bueno, valió la pena intentarlo.

Rowen pasó por algunas preguntas estándar más antes de desear a Ben unas buenas noches y volver al auto. Era una verdadera pena lo de Lindsay Martel, y Rowen esperaba que atraparan al asesino. No podía sin embargo evitar estar un poco emocionada por regresar a casa. Pasó por la oficina antes para dejar las notas y grabaciones, y luego fueron directamente a casa.

Rose era comprensiva. Ella realmente disfrutaba el trabajo, de todos modos. Rowen pensaba que viviría en la oficina si pudiera. Además, Willow y Peony estaban con ella. Se asegurarían de que la historia verdadera saliera a la luz.

Había una pequeña colección ordenada de coches fuera de la casa cuando Rowen se detuvo. Los tres coches nuevos en el estacionamiento eran buenos. Se veían terriblemente fuera de lugar al lado del viejo Buick de la tía Lydia.

Rowen estacionó su propio coche y se dirigió adentro. Ya podía oír a la tía Lydia haciendo de anfitriona. No fue una sorpresa. Lo que fue una sorpresa fue cuando escuchó de lo que estaban hablando.

—Así que... —comenzó la señora Richardson, sonando terriblemente incómoda—. Es como tu religión.

—Oh, no, querida —dijo la tía Lydia—. No tiene nada que ver con la religión. Sólo somos brujas.

—Pero ¿cómo funciona eso, exactamente? —Preguntó el señor Richardson.

—Bueno, ¿cómo crees que funcionan las brujas? —Tía Lydia preguntó con una sonrisa— Hacemos cosas de brujas, por supuesto. Lanzamos hechizos y cosas parecidas.

—Oh —dijo la señora Richardson—. Eso suena... divertido.

—Es un poco New Age —dijo Eric, sonando como si estuviera tratando desesperadamente de darle un giro positivo a esto—. Ya saben lo que es New Age. Lo has visto en la televisión y has estado en una de las tiendas, ¿verdad?

—No somos nada de eso —se burló la tía Lydia, deshaciendo cualquier cosa que Eric pudiera haber intentado explicar antes de que pudiera intentarlo.

Rowen se apresuró a entrar en la habitación.

—Lamento que tomara tanto tiempo. El trabajo, digo —Sus ojos encontraron a Eric. Estaba sentado en un sofá con su hermano, que estaba en silencio y parecía absolutamente miserable. Eric no parecía mucho más feliz. Rowen no podía culparlo. Esto parecía una situación bastante incómoda.

—Hola, querida —dijo Lydia, radiante hacia Rowen—. Sólo tomábamos el té y charlábamos con nuestros invitados, supongo que has venido a robarme a Eric.

—Culpable —Rowen le dio la mano a su novio.

Estaba demasiado ansioso por venir con ella. Condujo el camino hasta el ático con ella pisándole los talones.

—Eso salió terrible —dijo, una vez que la puerta se había cerrado detrás de ellos.

Rowen fue a sentarse en el borde de su cama.

—Me imagino... Sabes, me sorprende que no le hayas dicho a tu familia sobre nosotros ya.

—Lo hice —Eric levantó una silla para poder sentarse frente a ella—. Sólo dejé fuera las cosas de brujas.

—Eso es bastante como para dejar fuera.

—Es bastante difícil de explicar, también.

—Tienes razón —Rowen se inclinó de cerca y lo besó—. ¿Día largo? —Preguntó.

—Interminable —estuvo de acuerdo, pero sonrió y se inclinó para darle otro beso a Rowen—. Valió la pena, sin embargo, ahora que estoy aquí.

—¿Qué está pasando con tu hermano? —Preguntó. No habían tenido la oportunidad de hablar de él antes. Todo había pasado muy rápido desde anoche.

—Oh, ¿quién sabe? —Eric dijo con un gemido, lo que implicaba que probablemente lo sabía y simplemente no quería hablar de ello— Está teniendo problemas para controlar su vida, últimamente. Ha estado bebiendo y de fiesta más seguido. Porque estaba aquí la verdad no puedo saberlo. Voy a tener que hablar con él sobre eso —Algo pareció ocurrírsele entonces—. Hablando de eso, conversé con él sobre las rosas. Mis padres van a reemplazarlas.

Rowen rápidamente negó con la cabeza.

—Eso realmente no es necesario. No serían las mismas, de todos modos.

—Lo siento de nuevo por eso.

Rowen se encogió de hombros.

—No es como si fuera tu culpa.

—¿Cómo te fue en tu día? Escuché que hablaban de un asesinato.

La expresión de Rowen se hizo un poco más grave. Ella asintió con la cabeza.

—Hubo un asesinato —Le contó a Eric los detalles y sobre su conversación con Ben, y todas las cosas nuevas que había descubierto.

Todo el tiempo, Eric asentía.

—Bueno, eso suena como un desastre —dijo, una vez que ella terminó de hablar—. Siento que tengas que lidiar con todo eso.

—Son noticias. Sólo me preocupa que esta noticia en particular vuelva a atormentarme —No había pasado mucho tiempo desde el último asesinato en el que su familia se había visto involucrada. Rowen no podía evitar estar un poco nerviosa—. Entonces, ¿cuánto tiempo te quedarás?

—Hablamos de ello hoy —dijo Eric con una sonrisa, lo que significaba que estaba complacido con cuánto tiempo sería capaz de pasar con ella—. Se irán en unos días, pero yo no tengo ninguna reunión por un tiempo —Levantó una ceja a ella—. así que tengo un par de semanas para pasar contigo, al menos.

Rowen dio un grito de placer y lo abrazó.

—Eso suena genial. Puedes quedarte aquí conmigo.

Eric miró a su cama muy pequeña.

—O tal vez, ¿podríamos conseguir una habitación de hotel?

—Oh, quédate aquí conmigo —Rowen le dio una patada juguetona en la pierna—. Será divertido, y puedes estar con mi familia. Todos te quieren, sabes.

Además, sólo hay un hotel por aquí, y los dueños no me aprecian demasiado.

—Bien, bien. Pero voy a trabajar contigo. No voy a pasar todo el día con Lydia y Nadine. Me agradan, pero son agotadoras.

—No te culpo —Rowen se puso de pie—. Déjame ponerme algo más cómodo, y entonces probablemente deberíamos volver abajo. Quién sabe de qué están hablando Lydia y tus padres a estas alturas.

Capítulo cinco

Resultó que Lydia estaba hablando del asesinato por el que el Grammy había sido arrestada. Estaba explicando todos los detalles: fantasmas y todo eso. Había pasado tiempo para cuando Eric y Rowen habían vuelto a bajar.

Juntos, fueron capaces de dirigir la conversación hacia algo más socialmente aceptable. Rowen habló del trabajo y de lo que hacían allí. Contó sobre cómo toda la familia contribuía, y que era un negocio familiar más fácil de explicar a la gente que, somos brujas'.

En ese momento, Lydia estaba luchando para tomar la conversación de nuevo. La tía Nadine entró en la habitación para decirles que la cena estaba lista. Rose, Willow y Peony aún no estaban en casa, pero podían seguir adelante sin ellas.

Nadine había hecho tacos. Eran bastante simples, pero todo el mundo parecía disfrutar de ellos. David fue la excepción. Se sirvió un plato, pero apenas lo tocó. Su resaca se había ido, pero sus pensamientos todavía parecían estar en otro lugar. Sin embargo, nadie dijo nada al respecto. Al menos, Lydia era lo suficientemente ubicada como para guardarse las observaciones groseras para sí misma.

Después de la cena, el Sr. y la Sra. Richardson ofrecieron a David para limpiar los platos. Nadie discutió, aunque David no parecía emocionado. Rowen no pudo culparlo. Lo habían ofrecido como si fuera un adolescente castigado y no un hombre adulto.

Rowen y Eric se quedaron en la cocina para ayudar. Se sentía muy mal dejar a David solo con todo ese trabajo. Ni siquiera sabía a dónde iban los platos.

—Gracias —dijo David, cuando todos los demás habían vuelto a la sala de estar para ver televisión antes de acostarse. Rowen esperaba que pudiera, al menos, confiar en que todos ellos irían a ver la televisión sin empezar conversaciones extrañas.

—No hay problema —dijo Rowen, encendiendo el agua y enrollando sus mangas —Ella estaba genuinamente sorprendida de que Margo no se hubiera quedado atrás también. Tal vez ella había tomado lo que Rowen había dicho en serio, aunque Rowen sinceramente dudaba de eso.

—Así que —comenzó David, tratando de iniciar alguna conversación mientras limpiaba los platos de la mesa—, escuché que diriges un servicio de noticias para ganarte la vida.

Rowen se rió del obvio intento de ser cortés.

—Lo viste —le recordó—. Estuviste en nuestra oficina esta mañana.

David parecía un poco incómodo cuando ella le recordó, como si lo hubiera dicho sin darse cuenta.

—Correcto —dijo, deteniéndose junto a la papelera para raspar los platos—. Creo que oí que hubo un asesinato, ¿verdad?

—Así es —dijo Rowen, frunciendo el ceño ante el recordatorio. Necesitaba ir a ver el progreso de Rose—. Una mujer fue asesinada anoche. Tenía mi edad. Cosas tristes.

David asintió con la cabeza.

—¿Saben quién lo hizo?

—No —dijo Rowen—. O si lo hacen, no están liberando la información.

—¿A qué hora sucedió? —Preguntó David.

Estaba haciendo muchas preguntas.

—No mucho después de que el sol se puso, creo. No tienen la hora exacta.

—En el momento en que estabas atravesando su casa con tu auto —dijo Eric, le disparó a su hermano una mirada sucia.

David miró a su hermano, pero se dirigió a Rowen.

—Realmente lo siento mucho por eso. Si hay algo que pueda hacer para pagarte, por favor déjame hacerlo.

Rowen agitó una mano, desestimando esa noción.

—No es la gran cosa. Realmente. No lastimaste nada excepto el jardín y eso... puede ser reemplazado. Me alegro de que nada te pasara.

—¿Necesitas ayuda en alguna de tus oficinas? —Preguntó David.

—Oficina —corrigió Rowan con una risa—. Sólo tenemos una —Ella estaba a punto de decir que estaba bien; que no le debía nada por eso. Pero recordó que estaba atrapado aquí por unos días a pesar de todo. Probablemente no quería pasar ese tiempo encerrado en una casa con sus padres. Rowen no podía culparlo—. Puedes venir a ayudar si quieres. Eric ya está ayudando, pero estoy seguro de que Rose puede encontrar algo para que hagas.

Coincidentemente, sus primas llegaron a casa en ese momento, poniendo fin a su conversación. David todavía le dio las gracias, sin embargo. Parecía aliviado.

∗∗∗

Rose no tenía mucho que informar. La historia sobre el asesinato ya estaba en el blog y una similar estaría corriendo en el periódico físico mañana. La publicación en línea estaba recibiendo éxitos. El único problema era que también recibía comentarios. Rose hizo que Willow y Peony los moderaran por un tiempo, y finalmente los eliminó a todos juntos.

Los comentarios eran lo que Rowen esperaba. La gente se estaba dando cuenta de todo este asunto del ocultismo. Tenían algunas cosas que decir sobre Rowen y su familia. Ya había algunas acusaciones. Todas estaban infundadas, por supuesto, pero eso no cambió el hecho de que Rowen estuviera preocupada al respecto. Y esto era sólo el principio, lo cual se veía lamentablemente claro.

Cuando empezó a hacerse tarde, Rowen volvió al ático y comenzó a investigar en cajas arrastrándose por el suelo. Eric vino y se unió a ella después de un tiempo.

—¿Qué estás haciendo? —Preguntó.

—Mirando algunas de las cosas de Grammy —explicó, abriendo una caja de libros—. Dibujé algunos de los símbolos de las imágenes de lo que recuerdo. Estoy buscando a ver si puedo encontrar alguna coincidencia. —Ella le alcanzó el papel en que había dibujado los símbolos a Eric y continuó con lo que estaba haciendo. Realmente deseaba que Ben hubiera sido capaz de darle las fotos para llevar a casa y estudiarlas. A pesar de todo, ella todavía quería hacer lo que pudiera para ayudar.

Eric se sentó en el borde de la cama con el papel en la mano. Frunció el ceño mientras ella miraba a través de un libro escrito a mano.

—Bueno, éste es de la portada de un álbum. No estoy seguro de que signifique nada.

Rowen hizo una pausa en lo que estaba haciendo. Miró hacia atrás a Eric.

—¿Qué?

Eric sacó su teléfono. Miró hacia abajo, casi con seguridad haciendo una búsqueda.

—Sí —dijo finalmente. Le entregó el teléfono para que pudiera ver los resultados de búsqueda que estaba mirando—. Esa foto de allí. ¿No es ese uno de los símbolos?

Rowen tomó el papel dibujado. Sostuvo el papel y el teléfono y los comparó. No lo podía negar: se veían muy similares.

—Pasé por una fase de death metal en la escuela secundaria —explicó Eric—. ¿Eso significa algo fuera de la portada del álbum? Probablemente no sabría si lo hace.

Rowen negó con la cabeza.

—No lo creo —Miró a Eric—. Esto parece una evidencia bastante grande. Como... realmente grande.

—Sería una buena historia, ¿eh? —Eric parecía bastante emocionado y muy contento consigo mismo— Me alegro de haber podido ayudar.

—Necesito llamar a Ben y decirle sobre esto antes de hacer nada —Rowen se puso de pie y fue por su teléfono.

—Es la mitad de la noche —le recordó Eric.

—Esto parece importante —Rowen marcó.

Ben atendió después de unos cuantos tonos.

—¿Rowen?

—Sí, siento llamarte tan tarde, pero encontré algo. No te desperté, ¿verdad?

—No, está bien —dijo Ben rápidamente, sonando mucho más interesado en la otra cosa que acababa de decir—. ¿Qué averiguaste?

—Bueno, para ser justos, fue Eric —explicó—. Dibujé algunos de los símbolos de lo que podía recordar. Los miró y reconoció uno de la portada de un álbum. Guardé la foto. Te la enviaré después de colgar.

—¿Qué significa? —Preguntó Ben.

—No significa nada, por lo que puedo decir. Realmente creo que tu asesino estaba tratando de hacer que la escena del crimen pareciera relacionada con el ocultismo —Esas eran muy buenas noticias para Rowen y su familia—. Creo que la mató por razones mucho más mundanas.

Ben guardó silencio durante varios largos segundos.

—¿Puedes venir a la estación mañana?

—Sí, por supuesto.

—Y, ¿me haces otro favor?

Rowen vaciló.

—¿Qué?

—No publiques esto hasta que te dé el visto bueno, ¿Sí?

Rowen había tenido miedo de eso, pero lo entendía.

—Sí, por supuesto. No lo haré —Tal vez eso no la hacía la mejor periodista, pero no podía, en su conciencia, dañar una investigación sólo para conseguir una primicia—. Te veré mañana.

—Gracias, Rowen. —Ben colgó.

Rowen se volvió hacia Eric.

—Bueno, no puedo escribir una historia sobre ello.

—Tal vez puedas resolver un asesinato, sin embargo. Eso es casi tan bueno, ¿verdad?

Rowen se rió y fue a unirse a Eric en la cama.

—Si puedo ayudar, lo haré.

—¿Quieres que te acompañe a la comisaría mañana? —Preguntó Eric, tirando de los acolchados sobre ellos. Se movió en la cama, tratando de situarse cómodamente y aun así permitir que ambos encajaran.

Rowen terminó de enviar la foto de la portada del álbum a Ben, y luego puso su teléfono en la mesita de noche.

—Bueno fue su descubrimiento, así que supongo que sería lo mejor —Se recostó—. Y no me importaría tener compañía, tampoco.

Eric se inclinó y besó a Rowen antes de que ella consiguiera apagar la luz.

—Estoy contento de estar de vuelta —dijo—. Olvidé lo emocionante que se ponen las cosas por aquí.

Capítulo seis

A la mañana siguiente, salieron en dos autos diferentes. Las primas se fueron con David a la oficina. Rowen, por su parte, condujo con Eric hasta la estación de policía. Todavía estaba medio dormida, pero mirando los comentarios en el sitio web de su periódico, deseaba más que nunca poder publicar la historia. Era más que probable que el crimen no hubiera involucrado ninguna secta ocultista. Eso sería un poco de información útil que podría quitar el foco de su familia antes de que algo realmente malo sucediera. Ella había dado su palabra, sin embargo.

La estación de policía no estaba muy llena de vida que digamos. No había mucha gente por ahí a esta hora. O todos se estaban reuniendo alrededor de la cafetera en la sala de descanso, o aún no habían llegado.

Afortunadamente, Ben fue la excepción. Estaba allí esperándola.

—Te agradezco que hayas venido —dijo, aunque no sonaba mucho como si lo dijera en serio. Su ropa estaba un poco desaliñada, y su postura era desanimada.

—¿Qué pasó? —Preguntó Rowen. Tenía el presentimiento de que algo había salido mal, aunque no podía adivinar exactamente qué.

—No es gran cosa —le aseguró Ben, aunque hizo una cara después de haberla dicho—. Y supongo que ese es realmente el problema, también. Esto no es gran cosa —Hizo un movimiento a Rowen y Eric hacia su escritorio. —Siéntense —dijo. Sus ojos permanecieron en Eric por un momento.

—Eric —dijo Eric en forma de introducción, extendiendo una mano —Soy el novio de Rowen. También soy el que reconoció el símbolo.

—Encantado de conocerte —Ben estrechó la mano ofrecida antes de sentarse—. Tienes buen ojo. Agradezco tu ayuda.

Rowen se sentó frente a Ben. Eric hizo lo mismo.

—Entonces, ¿qué pasa? —Preguntó Rowen, esperando a que llegara al punto. No estaba segura de cómo se suponía que iban a ir estas cosas. Se imaginó que tendrían que tomarle una declaración.

—Bueno, el jefe no quiere que difundas tu teoría fuera de esta estación —dijo Ben, sacando eso del camino primero.

Rowen estaba un poco frustrada, pero no sorprendida. Esperaba que decidieran divulgar esa información al público. De esa manera, había una posibilidad de que ella pudiera ser la primera en obtener la historia.

—Eso no será un problema —le aseguró.

Ben asintió con la cabeza como si confiara en Rowen en eso.

—Desafortunadamente, no estoy seguro de que realmente vaya a seguir esa pista, tampoco.

—¿Qué? —Rowen no podía creer lo que estaba oyendo. Seguramente, ella había malentendido— ¿Qué quieres decir?

—Mantiene sus opciones abiertas. Técnicamente hablando, la investigación está considerando todas las posibilidades —le aseguró Ben—. Entre nosotros, no está dando a esta información la atención que merece.

Rowen intercambió miradas con Eric. Ambos estaban más que un poco decepcionados de oír esto.

—Entonces, ¿qué pasará ahora? —Preguntó Rowen.

—Ahora, escribes y firmas una declaración para mí, y se cierra en un archivador para siempre —Ben sacó un par de formularios de su escritorio y se los pasó.

—Debería haber pensado que se reduciría a esto —dijo Rowen con un suspiro, sacando un bolígrafo para empezar. Se sentía tonta por haber tenido fantasías de ser parte integral de la investigación. Sería bueno ser un héroe en esta ciudad por una vez.

—Extraoficialmente, me gustaría que mantuvieras un ojo alerta —le dijo Ben, bajando la voz—. Sigue investigando esto. Si averiguas algo, ponte en contacto conmigo directamente.

Rowen no estaba segura de lo legal que eso sería, pero ella asintió con la cabeza de todos modos. A pesar de cualquier problema que hubiera tenido en el pasado con Ben, ella podía decir que él sí se preocupaba por la verdad. Este asesinato lo estaba comiendo por dentro. Parecía molestarle realmente que las personas para las que trabajaba no lo estuvieran investigando tan a fondo como probablemente deberían. Si podía ayudar de alguna manera, lo haría.

Tomó un tiempo completar las declaraciones. Después, se despidió de Ben y se fue con Eric.

—Estaba pensando —comenzó Eric, una vez que estaban fuera. Miró a su alrededor mientras hablaba, asegurándose de que nadie estuviera lo suficientemente cerca como para escuchar—, la última vez que hubo un asesinato, hicimos una sesión espiritista, ¿verdad? ¿Por qué no lo hacemos de nuevo?

Rowen asintió con su cabeza.

—Estaba pensando en eso, en realidad —dijo, guiando el camino hacia el auto—. Es decir, no es que haya disfrutado de nuestras experiencias bastante agresivas con el fantasma la última vez... Pero parece el curso de acción más obvio —Eso resolvió las cosas para ella—. La haremos en la oficina.

Eric se rió.

—Estoy seguro de que David va a tener un infarto con esto.

David estaba absolutamente horrorizado.

No había dicho mucho, pero parecía implícito. La mayoría de la gente probablemente ni siquiera había visto una tabla ouija desde la última vez que fueron a una pijamada en la escuela secundaria. Rose sacó una del cuarto de suministros como si fuera la cosa más normal del mundo para tener a mano.

—Preferiría que usáramos esto a que tuviéramos una sesión regular —dijo Rose, mostrando el tablero—. De esa manera, puedo participar —Despejó un espacio en el cuarto—. Soy adoptada, así que no tengo ninguna habilidad innata cuando se trata de cosas de brujería —le dijo a David que la miraba fijamente.

Rowen no pensó que por eso estuviera mirando. Fue él quien se había ofrecido a ayudar en la oficina. No sabía lo que implicaría ayudar en la oficina, pero esto no era lo más extraño que habían hecho dentro de estas paredes.

—Yo también estaba extrañado al principio —aseguró Eric a su hermano, dándole una palmada en el hombro. Rowen notó la mirada de advertencia que Eric le dio junto con las palmadas. Le decía en silencio a su hermano que no fuera abiertamente escéptico o insultante. Rowen lo apreció. Sabía que debía parecer muy extraño para los de fuera.

Margo buscó velas y un encendedor. Willow y Peony la ayudaron a organizarlos en un círculo. El cuarto de suministros se volvió mucho oscuro cuando cerraron la puerta. La luz suave y tenue siempre era buena para este tipo de cosas.

—Esperaré aquí —ofreció David, cuando todos se dirigieron adentro para empezar.

—Es mejor si todos estamos en el mismo lugar —le dijo Margo con una sonrisa—. Vamos. Puedes sentarte a mi lado.

David no fue al principio, pero se vio obligado a hacerlo cuando Eric le dio un empujón en esa dirección.

—Supéralo —le dijo Eric. Esas eran grandes palabras para un tipo que había sido bastante insultante cuando Rowen le había mostrado por primera vez cosas similares. Pero ella no lo mencionó. Estaba aceptándolo bien ahora. Por supuesto, él también había visto bastante evidencia de que no estaban inventando estas cosas.

Con la puerta cerrada, el cuarto estaba muy oscuro, pero las velas iluminaban bien el tablero.

—Muy bien —comenzó Rose, sentada con las piernas cruzadas a un lado del tablero—. No necesitamos que todos tengan los dedos en el tablero. Al menos cuatro personas deben, sin embargo.

Rowen puso sus dedos en él, luego Willow, luego Peony. Eric trató de convencer a David para que pusiera sus dedos en él, pero no se movió. Margo puso sus dedos en su lugar. Rose tomó un bloc de notas, listo para escribir las palabras cuando llegaran a ellos.

—¿Están todos listos? —Preguntó Rose.

Todos, excepto David, respondieron afirmativamente.

—Muy bien —Rose respiró hondo—. Todo el mundo, respiren hondo. Despejen sus mentes y traten de relajarse.

David estaba, muy claramente, no relajado. No pasaba nada. Mientras la mayoría de ellos estuvieran abiertos a la experiencia, tendría una buena oportunidad de trabajar. Rowen se divirtió por lo engreído que Eric se veía, sin embargo. Parecía bastante seguro de que esto iba a funcionar. No importaba que hubiera estado en los zapatos de David no hace mucho tiempo.

—Lindsay Martel —comenzó Rose—. Queremos comunicarnos contigo hoy.

Margo hizo un ruido de desagrado. Cuando todos la miraron, se encogió de hombros.

—Lo siento. Estoy un poco resentida de que nos tomemos tantas molestias, supongo. Realmente la odiaba.

—Fue asesinada —le recordó Rose, frunciendo el ceño—. Ten un poco de respeto por la difunta.

Margo se encogió de hombros.

—Es triste que haya muerto, pero eso no significa que fuera una buena persona en vida.

—Ella tiene razón —se aventuró Peony.

—No, no lo era —dijo Rowen, mirándolas a ambas antes de que todos se distrajeran—. Ahora, ustedes dos cállense y concéntrense.

—Hoy tratamos de comunicarnos contigo —comenzó Rose de nuevo, frunciendo el ceño tanto a Margo como a Peony—. Queremos ayudarte. Si estás con nosotros ahora mismo, por favor —Rose dejó de hablar. El señalador había comenzado a moverse. Ella levantó la pluma y comenzó a escribir.

Rowen y sus primas leyeron las letras en voz alta, "A-M-I-N-O-M-E-G-" y continuaron hasta que Rose había escrito un mensaje completo.

Rose se rió.

—A mí tampoco me agradabas, Margo.

Margo puso los ojos en blanco. El señalador comenzó a moverse de nuevo.

—Todos ustedes son personas terribles —enmendó Rose, menos divertida por el segundo mensaje.

—Si no quieres que tu asesinato sea resuelto, puedes seguir adelante y pudrirte —espetó Margo.

—¡Margo! —Rowen la miró— Shh. Resolveremos el asesinato, sin importar tus preferencias. Lindsay, si sabes quién te asesinó, por favor cuéntanos. Queremos llevarlos ante la justicia.

El señalador permaneció quieto por algún tiempo. Todo el mundo se puso un poco nervioso. Parecía que Lindsay le estaba poniendo suspenso a la situación. El silencio fue salpicado por una queja de David.

—Esto es ridículo.

—Silencio —espetó Eric, antes de que cualquiera de las chicas Greensmith pudiera golpearlo.

El señalador comenzó a moverse de nuevo; deletreó un nuevo mensaje.

—No lo recuerdo —leyó Rose.

—¿Te acuerdas de algún detalle? —Preguntó Rowen, ya decepcionada. Esto no era extraño. Cuando los fantasmas habían pasado por algo traumático, no siempre recordaban los detalles, ni siquiera los importantes, como quién los asesinó— ¿Qué estabas haciendo la noche del asesinato?

El señalador comenzó a moverse una vez más.

—F-I-E-S-T-A.

Eso era una pista, al menos. Rowen siguió con otra pregunta.

—¿Dónde ocurrió la fiesta?

—J-U-S-T-I-N L-A-W-S-O-N.

—Lo recuerdo —dijo Margo—. Salimos en la secundaria.

—¿Estuviste con alguien allí? —Preguntó Rowen— ¿Recuerdas a alguien específico?

El señalador deletreó algo extraño: "E-L"

—¿Él? —Repitió Rowen. Ella y sus primas intercambiaron miradas desconcertadas.

—Esto es ridículo —dijo David de nuevo. Esta vez se puso de pie y se fue hacia la puerta.

Las primas pidieron que esperara, pero era demasiado tarde. Se fue, interrumpiendo el círculo.

—¿Todavía estás allí? —Preguntó Rowen.

Todos esperaron. El señalador no se movió de nuevo. Lo intentaron varias veces más. Lindsay ya no contestaba.

—Tendremos que intentarlo de nuevo más tarde, supongo —se quejó Rose, dejando a un lado su cuaderno. Willow encendió las luces.

—Al menos tenemos información —dijo Rowen, antes de irse a buscar a David. Lo encontró en la oficina principal, sentado en el sofá—. ¿Cuál es tu problema? —Preguntó Rowen, yendo directamente hacia él. Ella lo había perdonado hasta ahora, pero no era tímida acerca de confrontar a la gente que se interponía en su camino. David ciertamente había hecho eso— Dijiste que ibas a ayudar en la oficina.

David se reclinaba en el sofá. Sus brazos estaban cruzados sobre su pecho.

—No me di cuenta de que ayudar en la oficina significaba esta tontería.

—Ayudar en la oficina significa lo que yo diga que signifique —dijo Rowen, manteniendo su tono severo—. Yo soy quien manda aquí. Si dices que quieres ayudar, tienes que estar preparado para hacer lo que eso implique. Y todo lo que implicaba esta vez era sentarse en una habitación durante unos minutos.

—Rowen —dijo Eric en voz baja, viniendo detrás de ella—. Me encargaré de esto.

Rowen lo miró.

—Bien —dijo con un suspiro, asumiendo que eso significaba que llevaría a su hermano a casa.

Eric lo hizo. Tenía unas cuantas palabras para decirle a su hermano al salir por la puerta. Rowen no sintió pena por él esta vez. La había empujado demasiado lejos. Después del truco que había hecho la noche anterior, no le había tomado mucho. Volvió a conversar con sus primas sobre la información que habían descubierto antes de que David arruinara las cosas.

Ellas todavía se encontraban en el cuarto. Todas habían estado demasiado nerviosas para irse, al parecer. Habían oído la discusión y no se habían atrevido a aventurarse afuera durante ella. Rowen no las culpó.

—Willow, Peony, y yo podemos seguir probando con la Ouija mientras tú haces tu propia investigación —ofreció Rose, tratando de darle un giro positivo a las cosas—. Hemos averiguado algunas buenas pistas.

Rowen asintió. Estaba de acuerdo con ella en eso.

—Voy a hablar con este tipo Justin. Margo vendrá conmigo.

Margo hizo una mueca ante eso.

—Me odia. No... Nuestra ruptura fue bastante fuerte.

—Margo aún irá conmigo —dijo Rowen, ofreciéndole a Margo lo que esperaba era su sonrisa más convincente—. Por favor.

Margo puso los ojos en blanco.

—Bien —suspiró.

—¿Qué hay de la otra cosa que dijo —susurró Rose—, ¿qué significa, por supuesto, la palabra "El"?

Rowen tenía sus propias ideas sobre eso. Ella imaginó que sus primas tenían las propias, también. "El" podría haber implicado a alguien en la habitación. Ya que Eric había estado fuera de la ciudad esa noche, que sólo dejaba un "Él" más. Sin embargo, Rowen no quería sacar esa arma. Puede que no le importara el tipo, pero era una acusación muy fuerte decir que él estuviera involucrado en el asesinato.

Capítulo siete

Después del almuerzo, Rowen cargó a Margo en el auto y la llevó con ella a la casa de Justin.

Rowen recordaba a Justin, aunque vagamente. En la secundaria, había sido un niño del estilo gótico con acné y ortodoncia. Nunca había entendido realmente lo que Margo vio en él. Por otra parte, no muchos chicos les darían a las chicas Greensmith la hora del día en ese entonces.

Justin vivía en el borde de la ciudad ahora. Estaba un poco fuera del camino en el campo. Era un buen gran lugar para fiestas. No había nadie alrededor para quejarse del ruido por kilómetros.

Las evidencias de una fiesta todavía estaban allí cuando Rowen condujo. Papel higiénico cubría un roble en la parte delantera. Latas de cerveza llenaban el césped delantero. Había un jeep estacionado en frente. Eso probablemente significaba que alguien estaba en casa. Esa misma persona los miraba a través de las persianas cuando bajaban del auto.

Margo se había cepillado el pelo y aplicado más lápiz labial. No tenía por qué haberse molestado. El hombre que abrió la puerta no era particularmente encantador. Justin había superado su fase gótica y entró en una vagabunda, al parecer. Su camiseta tenía manchas de comida. Su pelo oscuro estaba descuidado. Había superado el acné y sus dientes eran agradables, pero eso era lo más generoso que se podía decir de él. Rowen no estaba impresionada.

—¿Sí? —Dijo Justin, mirando dudosamente hacia fuera desde en un resquicio abierto de la puerta antes de que incluso hubieran llamado.

Rowen puso su mejor sonrisa.

—Hola, somos del Lainswich Inquirer. Soy Rowen Greensmith, y esta es mi prima.

—¿Margo? —Justin interrumpió, y abrió la puerta al ver a Margo—. Ay, Dios mío. ¿Cuánto tiempo ha pasado? ¡Te ves increíble!

Margo sonrió. No pudo evitarlo. Tenía debilidad por los cumplidos.

—Gracias. Tú también. Te ves... bueno.

Justin miró hacia abajo a su propia camiseta manchada y frunció el ceño.

—Lo siento. He estado limpiando durante los últimos dos días seguidos. Luego me enteré del asesinato... Realmente no he tenido la oportunidad de lavar la ropa.

—Es por eso que estamos aquí, en realidad —dijo Rowen, encontrando una oportunidad de entrar en la conversación y tomándola—. El asesinato y la fiesta. ¿Te ha interrogado la policía?

—Algo así —dijo Justin encogiéndose de hombros.

—¿Algo así, cómo? —Rowen repitió.

—Quiero decir, Lindsay estuvo aquí esa noche —La voz de Justin se agrietó un poco cuando dijo eso. Rowen no estaba segura de sí había sido un amigo o si simplemente no trataba bien de la realidad del asesinato. Cualquiera de los dos parecía una respuesta justa—. Cuando me enteré de lo que pasó, llamé a la policía. Les di una declaración. Me hicieron una entrevista. Aún no me han llamado para otra.

—¿Te importaría hablar con nosotros? —Preguntó Margo, dando a Justin una cálida sonrisa. Ahora que sabía que aún no estaba adolorido por lo que había pasado durante su ruptura, ella realmente se estaba metiendo en la conversación.

Justin le levantó una ceja. Sus encantos no llegaron muy lejos.

—No creo que pueda —dijo—. Creo que podría estar en contra de la ley o algo así.

—¿Cuántas personas había en la fiesta? —Preguntó Rowen— ¿Puedes decirnos eso?

Justin indicó a su jardín.

—Bastantes, obviamente. Hago fiestas legendarias.

Margo asintió.

—Lo hace —le dijo a Rowen. Tal vez por eso había salido con él en la secundaria.

—¿Puedes darnos cualquiera de sus nombres? —Rowen preguntó, siguiendo con eso— ¿Tal vez hacer una lista de ellos o algo así?

—No lo sé —Justin parecía incómodo con eso, lo cual era comprensible. La mayoría de la gente le daría fácilmente a los investigadores locales y periodistas una lista de nombres por la bondad de su corazón. Eso parecía arriesgado.

—¿Sólo un nombre? —Rowen instó, desesperada por cualquier cosa. Ella no quería que su viaje aquí hubiera sido un desastre total.

—Bueno... —Justin dijo como si lo considerara— Supongo que no importa si te digo que Ben estuvo aquí. ¿El tipo que trabaja para la policía? Creo que saliste con él por un tiempo, Rowen. Él estuvo aquí. Eso tiene que ser de público conocimiento, ¿no? Conflicto de intereses o algo así.

Rowen y Margo intercambiaron miradas. Esa era una información interesante, de hecho.

—Eso es útil —dijo Rowen—. Gracias.

—¿Eso es todo? —Preguntó Justin.

Rowen tenía otra pregunta en su mente. Consideró pedirle a Margo que fuera al auto antes de preguntarle. No quería que nadie se equivocara de idea. Margo tenía tendencia a cotillear. Rowen lo preguntó con ella allí de todos modos.

—¿Estuvo también un hombre de negocios? —Preguntó— Buen coche, llamado David.

Margo le dio a Rowen una mirada sobrecogedora cuando hizo esa pregunta. Pero no dijo nada. Esperó a que Justin respondiera.

Justin tardó un momento en ubicar la descripción.

—¡Oh sí! —Asintió con la cabeza— Sí, él estaba, creo —Dio un silbido bajo—. Caray, ese tipo sabía cómo festejar.

—¿Puedes decirme si estaba con Lindsay en absoluto? —Preguntó Rowen.

La expresión de Justin volvió a protegerse. Miró de Rowen a Margo y luego de nuevo.

—Realmente no estoy seguro de que deba estar hablando de esto.

—Está bien —dijo Rowen rápidamente. Su falta de respuesta ya había dicho lo que necesitaba, de todos modos. Parecía que David era alguien que podía ser sospechoso. Entre eso y lo que el fantasma había dicho... Esto se estaba volviendo cada vez más complicado. —Agradezco tu ayuda.

Rowen y Margo regresaron al auto con algunas nuevas piezas de información. Rowen todavía no estaba segura de lo que quería hacer con ellas.

—No le digas a Eric lo de David —dijo. De eso estaba segura, al menos—. Todavía no, de todos modos.

—¿Estás segura? —Preguntó Margo— Eso parece algo que debería oír.

Rowen sabía que Margo tenía razón. Aun así, no podía verse confrontando a Eric por esto. Seguramente, se resolvería por sí mismo, y ella no tendría que hacerlo.

—Se lo diré —dijo—. Sólo... esperemos hasta tener algo más para seguir adelante.

—Si tú lo dices —dijo Margo, de una manera que implicaba que todavía estaba escéptica, pero no iba a discutir el asunto—. ¿Adónde vamos ahora?

—De vuelta a la estación de policía —dijo Rowen, poniendo el auto en marcha—. Tenemos otra pista que seguir, ¿recuerdas? Deberíamos preguntarle a Ben qué recuerda de esa noche.

Margo sonrió.

—Visitando a todos los exnovios hoy, ¿no?

Capítulo ocho

Eric llamó a Rowen a su celular justo cuando estacionaba fuera de la comisaría. Ella consideró contarle lo de David entonces, pero lo descartó rápidamente. Todavía parecía mejor esperar. No se iba por ahí acusando a la familia de tu novio de asesinato. Parecía una forma segura de matar una relación.

—Hola, cariño —dijo Rowen, contestando el teléfono.

—¿Cariño? —se rió Eric— Muy bien. Puedo acostumbrarme a ese apodo de mascota. ¿Cómo se supone que te llame?

—Puede ser 'su majestad'.

—Nos quedaremos con 'Rowen' —Eric llegó a la razón por la que había llamado—. Lo siento de nuevo por David.

—Está bien —dijo Rowen con un suspiro, con la esperanza de que realmente estuviera bien a largo plazo—. Quizás exageré un poco. Quiero decir, él complicó las cosas innecesariamente, pero no sabía que eso era lo que estaba haciendo. Sé que algunas de las cosas que hace nuestra familia pueden ser difíciles de procesar.

—Aun así —dijo Eric—, no tenía que ser grosero.

Rowen le aceptaba eso.

—Simplemente no lo involucraremos en más intentos de comunicación fantasmal.

—¿Todavía estás tratando? —Preguntó Eric— ¿Puedes... llamar a los fantasmas de nuevo?

—Es complicado.

—La última vez, tuvimos un par de fantasmas que no querían dejarnos en paz —le recordó Eric, como si pudiera olvidarlo.

—No todos los fantasmas funcionan igual.

—Eso suena como si no lo entendieras.

—En realidad no lo hago —admitió Rowen—. Pero tenemos a Rose, Willow y Peony en la oficina tratando de ponerse en contacto con ella de nuevo a cada par de horas. Esperemos que eso produzca algo útil.

—¿En la oficina? —Eric repitió— ¿Dónde estás?

—Margo y yo fuimos a cuestionar a ese tal chico Justin que Lindsay mencionó —dijo Rowen.

—¿Qué? —Eric sonaba más enojado de lo que Rowen esperaba. Ella no había anticipado ninguna ira en absoluto— ¿Por qué no esperaste a que volviera? ¡Podría haber ido contigo!

—Estábamos bien —le aseguró Rowen.

Eric no parecía tan convencido por eso.

—¿Y si hubiera resultado ser el asesino?

—Entonces me imagino que estás muy aliviado de que no esté bajo su custodia en este momento y se esté saliendo con la suya —Rowen no estaba acostumbrada a que alguien se preocupara por su paradero así. Se sentía halagada y molesta al mismo tiempo—. Estamos bien. No parecía muy asesino.

Eric le dio un gruñido.

—Ese no es el punto.

—Bueno, ahora estamos en la comisaría —le dijo Rowen, con la esperanza de que eso pudiera resolver el asunto—. No creo que nadie nos vaya a asesinar aquí.

Eso, al menos, captó la atención de Eric.

—¿Por qué estás en la comisaría?

—Tenemos algunas preguntas más para Ben. Te informaré de los detalles esta noche. —Rowen ya estaba deseando verlo esta noche. Odiaba que estuviera en la ciudad, y ella estaba desaparecida en lugar de estar con él. Ella preferiría que estuviera con ella ahora mismo en lugar de Margo. No es que no quisiera a Margo.

Margo suspiró ruidosamente.

—¿Vamos a entrar o no?

—No te retendré —dijo Eric, sin duda escuchándola—. Ten cuidado. Avísame si vas a investigar más asesinos, ¿de acuerdo?

—Lo haré —respondió Rowen, sin estar segura de que necesariamente lo haría. Pero trataría de advertirle primero si se fuera a otro lado—. ¿Qué estás tramando?

—Supongo que voy a mantener un ojo en David —Eric no parecía complacido por eso—. Nuestros padres se van con tus tías, lo que me preocupa para ser honesto. No quiero a mi hermano solo en tu casa mientras tanto. No sé qué malos hábitos ha formado para sí mismo, pero no voy a tenerlo vagando o asaltando el gabinete de licores de tu familia ni nada.

—Trataré de estar en casa pronto —Rowen se despidió y colgó el teléfono. Finalmente, se dirigió adentro con una Margo muy impaciente.

La estación de policía estaba tan muerta como esa mañana. Rowen empezaba a pensar que tenían un personal peligrosamente insuficiente. Eso podría ser un buen titular en el futuro. Pero en este momento, tenía problemas más grandes.

—Estoy aquí para hablar con Ben —dijo Rowen a la recepcionista—. Dile que es Rowen.

La recepcionista le dio a Rowen una mirada severa.

—Sé quién eres —Cogió su teléfono y marcó algunos números—. Rowen Greensmith está aquí para hablar con Ben —Ella escuchó un poco, y luego colgó—. Sí, está ocupado.

Rowen no esperaba esa respuesta. Miró más allá de la recepción, tratando de ver si podía verlo. No lo hizo.

—¿Está aquí?

—Está ocupado —dijo la recepcionista, dejándolo allí y dejando absolutamente cero espacios para discutir.

Normalmente, Rowen podría irrumpir por la espalda y ver si podía encontrarlo ella misma. Pero no iba a romper las reglas en una comisaría.

—Bien —dijo en su lugar, saliendo.

—¿Bien? —Margo repitió escépticamente una vez que estaban fuera— ¿Está esto realmente bien? Me parece que desperdiciamos el viaje.

—Voy a llamarlo —dijo Rowen, sacando su teléfono mientras se dirigían de regreso al auto.

—¿Vas a llamarlo? —Margo se rió— ¿Quieres decir que fue una opción todo este tiempo? ¿Por qué no empezamos con eso?

—Este es el tipo de cosas con las que necesitas sorprender a una persona —le dijo Rowen a Margo, segura de sí misma en esto—. Quieres sorprenderlos y ver su reacción. No le des tiempo a la gente para que preparen sus mentiras —Ella le marcó—. Vamos a tener que conformarnos con la próxima mejor cosa, sin embargo.

—¿Rowen? —Ben respondió— ¿Qué encontraste?

Rowen se sintió halagada de que inmediatamente asumiera que tenía información valiosa para él. Era un buen cambio de él intentando manipularla o que estuviera molesto por su misma presencia.

—En realidad estoy sentada fuera de la estación de policía en este momento —dijo, con la esperanza de que sería una noticia para él—. Vine a verte, pero dijeron que estabas ocupado.

Ben guardó silencio por un momento. Evidentemente, esto era noticia para él.

—Tengo la sensación de que el jefe ya no quiere que husmees. No está emocionado de que esté tratando de usarte como consultora.

Rowen no estaba nada sorprendida por eso. Probablemente se vería un poco como si la policía estuviera dejando que una psíquica les ayudara a resolver el asesinato. Los Greensmiths ayudando a la policía era algo poco probable que tuviera el apoyo popular, dada la reputación de la familia en Lainswich.

 así me gustaría poder hablar. ¿Crees que podemos encontrarnos?

Ben suspiró. Sonaba exhausto.

—Supongo que podemos vernos durante la cena. ¿Qué tal esta noche? ¿Tony's a las ocho?

—Allí estaré —le aseguró Rowen. Y colgó.

—Odio Tony's —se quejó Margo.

Rowen estaba a punto de pasar tiempo de calidad con Margo por un tiempo.

—No tienes que ir.

—Muy buena —dijo Margo frunciendo el ceño, con aspecto desgarrado—. ¿Quién va a ir contigo, entonces? Quiero decir, de eso se trata esto, ¿verdad? ¿Temes que haya tenido algo que ver con el asesinato? No puedes simplemente reunirte con él tú sola.

—Estaré bien —Rowen ya tenía un plan—. Eric vendrá conmigo.

Capítulo nueve

Eric estaba muy feliz de salir de la casa. Sus padres estaban de regreso. Ellos y las tías de Rowen se llevaban fabulosamente. Eso debería haber sonado maravilloso en teoría, pero, en realidad, era horrible. Era como si sus padres hubieran sido enviados a una especie de retiro hippie y finalmente se estaban metiendo en él. Puede que no necesariamente creyeran en hechizos y brujería, pero habían pasado toda la tarde ayudando a preparar un hechizo para la riqueza. Si nada más, todo esto era muy nuevo y divertido para ellos.

Eso también significaba que estarían allí para vigilar a David. Rowen todavía no lo quería sin supervisión, pero no podía simplemente llevarlo con ella a interrogar a Ben. Afortunadamente, permanecer con sus padres en la casa Greensmith parecía ser una especie de infierno personal para él.

—Normalmente, me sentiría mal abandonándolo así —dijo Eric, mientras se alejaban—. Pero ha sido un idiota últimamente, sin embargo. Se lo merece completamente.

Rowen estacionó fuera de Tony's quince minutos antes de las ocho. Era un comedor muy conocido y grasiento del centro. Rowen no comía allí a menudo pero sabía que era bastante grande y estaba siempre lleno de gente, en lo que "lleno" significaba para Lainswich. Podrían tener una conversación allí sin tener que preocuparse de que la gente pudiera escucharlos.

El restaurante estaba bullicioso cuando entraron. Algunas personas miraron en su dirección. Hubo algunos susurros. Pero no hubo mucho más allá de eso. Rowen ya estaba allí por un tiempo; su regreso a Lainswich era noticia vieja.

Ben aún no había llegado, así que ella y Eric eligieron una mesa en la parte de atrás.

—Entonces, ¿tú salías con este tipo? —Preguntó Eric.

Después de mantener por un tiempo la conversación sobre su propio hermano, Rowen pensó que al menos debería aclarar lo de Ben.

—Fue hace mucho tiempo —le aseguró—. Éramos niños. —Legalmente, habían sido adultos. Sin embargo, Rowen no iba a entrar en detalles.

—¿Qué pasó? —Preguntó Eric, tirando del menú de bebidas de la pared y mirándolo.

—Lo mismo que pasa con cada tipo que sale con una Greensmith —dijo Rowen con un suspiro—. Rompimos.

Eric puso los ojos en blanco.

—Obviamente. Quiero decir, ¿qué pasó que causó la ruptura?

—Maldije a su madre —Rowen se acercó y agarró un menú de bebidas para ella misma—. Oh, esto se ve bien. Probablemente no debería beber nada con alcohol, ¿no? Parecería poco profesional.

—¿Qué hiciste qué? —Eric preguntó, no impresionado por la forma en que había tratado de cambiar el tema— ¿Hechizaste a su madre?

Rowen extendió sus manos en un intento de parecer tan inocente como se sentía en esta situación particular.

—Ella me acusó de hacer que se le cayera el pelo. Siempre me odió. Ella era una verdadera bruja, y no en el buen sentido.

—¿La maldijiste? —Eric preguntó, levantando una ceja.

Rowen se encogió de hombros.

—No importaba si lo hacía o no. Ella apareció en la puerta de mi casa a los gritos una mañana. Nunca pensó que yo fuera lo suficientemente buena para su hijo. Sólo había estado buscando una excusa para odiarme. Me enojé tanto con ella que dije que la maldije. Ben terminó conmigo después de eso.

—¿La maldijiste, sin embargo? —Eric empujó.

—Tal vez —Rowen señaló el menú—. Voy a conseguir una margarita virgen. Se ven demasiado bien.

Eric negó con la cabeza y suspiró.

—¿Qué es esto que sigo oyendo acerca de ti y tu familia terminando las cosas mal con todos los hombres en sus vidas?

—No estoy segura —dijo Rowen, siendo honesta—. Quiero decir, no sé qué lo causa. Sólo tenemos mala suerte con los hombres. Siempre terminan odiándonos.

Eric frunció el ceño. Se movió al otro lado de la mesa y tomó la mano de Rowen entre las suyas.

—Nunca podría terminar odiándote.

Rowen explotó en una carcajada.

—Eso dices ahora —Sin embargo, se sintió bien. Le apretó la mano hacia atrás—. Realmente espero que las cosas funcionen entre nosotros. Realmente me gustas, sabes.

—Te amo —dijo Eric, acercando su mano a su boca y besando el dorso de ella.

Rowen se rio sin poder hacer nada.

—Eso también.

—Perdón por interrumpir —dijo Ben—.

Eric se puso de pie rápidamente y regresó al lado de su novia en la mesa.

—Me alegro de verte de nuevo —dijo, lo que era una mentira evidente.

Ben le ofreció una sonrisa de todos modos.

—Entonces, ¿de qué se trata todo esto?

—Vamos a ordenar primero —Rowen pidió margarita virgen y una hamburguesa. Todos los demás ordenaron. Ben lo hizo con impaciencia.

—Así que —comenzó Rowen, ahora que el camarero se había ido—. Escuché que Lindsay estaba en una fiesta la noche antes de morir.

La frente de Ben se arrugó con su ceño fruncido. No dijo nada. Sólo miró a Rowen y esperó a que terminara.

—Hablé con Justin —dijo Rowen, dejando que el nombre flotara por allí un momento antes de continuar—. Sé que estabas allí.

—Ya le dije a la policía que estaba allí —les aseguró Ben, su expresión impasible y difícil de leer—. No estoy seguro de lo que estás insinuando.

—Sí, lo haces —dijo Eric, inclinándose hacia atrás y cruzando sus brazos sobre su pecho—. Rowen no es exactamente sutil.

Ben rompió en una risa al oír eso.

—No, no lo es —aceptó.

—¿Viste a Lindsay esa noche? —Preguntó Rowen, no dejando que ninguno de ellos la distrajera de su objetivo.

—Tal vez —dijo Ben—. Probablemente lo hice. No estoy seguro de recordar específicamente cuándo o lo que llevaba puesto.

Eso era mentira. Rowen podía sentirlo. Ben puso una buena pantalla, pero podía ver a través de él.

—¿Qué estabas haciendo allí?

—Me invitaron a la fiesta —dijo Ben, como si eso fuera lo suficientemente obvio sin explicarlo—. Las fiestas no son ilegales, sabes. Un policía en una fiesta puede ser un poco inquietante para algunos, pero todavía se me permite ir.

—¿Recuerdas a alguien sospechoso en la fiesta? —Preguntó Rowen.

Eso fue tan lejos como Ben estaba dispuesto a tomar esto, aparentemente.

—Muy bien —dijo, cortándola allí—. No se habla de los detalles de una investigación activa. Sabes, pensé que me habías llamado aquí porque tenías información para mí.

—Sí, tengo —dijo Rowen—. Hablé con la difunta.

Eso llamó la atención de Ben.

—¿Cuándo? —Preguntó, sentado un poco más recto en su asiento.

—Esta mañana —dijo Eric.

Ben le hizo una mueca.

—¿Estás diciendo que hablaste con un fantasma?

—Vamos Ben —Rowen no estaba de humor para pasar por las diferentes etapas del escepticismo—. Saliste conmigo, ¿recuerdas? Sabes que estas cosas son reales.

—Ha pasado un tiempo —dijo Ben. Su expresión había cambiado un poco, sin embargo. Incluso si el tiempo había apagado sus recuerdos, todavía tenía alguna idea de lo que las chicas Greensmith eran capaces de hacer—. ¿Qué te dijo este fantasma?

—Ella me señaló hacia Justin. ¿De qué otra manera hubiera sabido que debía ir a hablar con él? —Preguntó Rowen.

Ben parecía no convencido.

—Hay una serie de formas en que podrías haber descubierto eso.

Rowen suponía que eso no era muy convincente. Tampoco era evidencia que valiera la pena llamar a Ben por aquí. Quería mencionar a David. Empezaba a arrepentirse de haber traído a Eric aquí con ella. Era David por lo que realmente quería preguntar ahora mismo.

No, se lo dijo a sí misma. Eso sería una mala idea. Hacer de David un sospechoso tan pronto no le haría ningún favor a nadie.

—¿Qué te está pasando? —Preguntó Rowen, tratando una táctica diferente. Si Ben no iba a ofrecerle ninguna información, y si no tenía nada que ofrecerle, ella iba a ser contundente.

—¿Qué quieres decir? —Preguntó Ben, sonando absolutamente agotado, se arrepentía de haber venido aquí a reunirse con ella.

—Así no eres tú —A Rowen le gustaba pensar que todavía conocía muy bien a Ben. Había pasado un tiempo, pero la última vez que habían estado alrededor del otro, todavía parecía muy la misma persona—. Te encanta tu trabajo, o solías hacerlo. Estabas tan feliz cuando te convertiste en detective.

—¿Cómo podrías saberlo? —Preguntó Ben, levantando una ceja hacia ella—. No hablamos exactamente a menudo.

—Lo sé —insistió Rowen—. Pero estás actuando extraño.

Ben la miró por un momento, sólo estudió su cara como si estuviera considerando algo.

—Estoy teniendo algunos problemas en el trabajo —admitió con un encogimiento de hombros—. Las cosas podrían ser mejores, especialmente con esta investigación. Tengo mucho en mi plato y mucho en mi mente... —Ben se detuvo como si estuviera considerando decirle algo. Rowen esperó, con la esperanza de que finalmente le confiara alguna pieza perdida de este rompecabezas. En vez de eso, sólo negó con la cabeza— Se va a resolver por sí mismo. Ahora, si no tienes ninguna otra noticia para mí, ¿podemos simplemente comer una buena comida?

Lo que siguió fue una de las cenas más incómodas de las que Rowen había sido parte. Aún así, no se arrepintió de haber llamado a Ben. Ahora, ella sabía por un hecho que él sabía más de lo que él estaba dejando saber. Ella trató de leerlo antes de que se fuera. Desgraciadamente, no funcionó de esa manera.

—Bueno, eso no fue nada incómodo —dijo Eric, una vez que estuvieron solos.

—Oh, cállate —Rowen ordenó una margarita de verdad. Se lo había ganado.

Capítulo diez

Rowen y Eric fueron los primeros en llegar a casa. Sus primas, al parecer, todavía estaban en la oficina. Ella las había llamado unos momentos antes de estacionar en el patio. Tendrían una noche larga jugando con la Ouija. Si Rowen las conocía bien—y lo hacía—también estarían haciendo una pequeña fiesta con ello. No le importaba.

Una niebla baja de incienso salió por la puerta cuando Rowen la abrió. Eric comenzó a toser, pero Rowen no estaba nada sorprendida. Esto ocurría a veces.

—Cuidado con los ancianos desnudos —advirtió.

—¿De qué estás hablando? —preguntó Eric, escaneando su entorno como si alguien estuviera a punto de salir de las sombras y atacarlo.

—Están haciendo un hechizo —explicó Rowen—. A veces, hacen ese tipo de cosas sin ropa. Eso significa que se desnudan.

—Oh, diablos —Eric negó con la cabeza y fijó su mirada en el suelo—. Por favor, no me digas que mis padres también se prestaron para esto.

—Espero que no —dijo Rowen, conteniendo la respiración cada vez que doblaba en una esquina—. Eso es mucho más de tus padres de lo que quiero ver.

Las tías de Rowen y los padres de Eric estaban en la sala de estar. Estaban sentados en un círculo de velas encendidas. No estaban desnudos, gracias a Dios, pero se habían puesto unas túnicas muy reveladoras.

—Oh, hola, hijo —dijo el Sr. Richardson.

—¡Estamos haciendo un ritual por dinero! —Dijo la señora Richardson, radiante.

—Concéntrate —dijo Lydia.

—Necesitamos silencio —dijo Nadine.

—Lo siento —dijo Eric, rápidamente—. Ustedes continúen... ¿Dónde está David?

—Se fue a la ciudad —dijo el Sr. Richardson.

—¿Qué? —A Rowen no le gustó nada escuchar eso.

—¿Ustedes acaban de dejarlo ir? —Eric exigió, ignorando otra llamada al silencio de Nadine.

La señora Richardson extendió las manos como si estuviera perpleja.

—Cariño, es un hombre adulto. ¿Qué se suponía que hiciéramos?

—Necesitamos silencio —advirtió Lydia.

—¡Bien! ¡Nos vamos! —Rowen tomó a Eric del brazo y lo llevó de vuelta por la puerta principal. Por supuesto, el auto de David no estaba allí. Rowen no estaba segura de cómo no se había dado cuenta antes cuando llegaron.

—No es un gran problema —dijo Eric, sonando confundido por su reacción—. Esperemos que no vuelva a casa borracho. Si lo hace, bueno... Cruzaremos ese puente cuando lleguemos a él.

—¿Puedes llamarlo? —Preguntó Rowen. Iba a tener que contarle a Eric lo que había descubierto hoy, ¿no? Parecía muy probable.

Eric le dio a Rowen una mirada extraña, pero sacó su teléfono. Llamó. Demoró algunos tonos, pero David respondió.

—Hola —dijo, manteniendo su voz impasible—. ¿Dónde estás? —Escuchó por unos momentos— Hum… Ajá… ¿Cuándo crees que volverás? —Volvió a escuchar— Porque no puedes quedarte fuera toda la noche. Mamá y papá se preocuparán, y no hay hotel en el que puedas registrarte por aquí a esta hora... ¡David! No, no puedes dormir en tu auto... ¡No! —Eric dejó de hablar. Miró su teléfono— Colgó —le dijo a Rowen, molesto.

—¿Sabes dónde está? —Preguntó Rowen.

Eric le dio una mirada extraña, pero respondió de todos modos.

—Dijo que estaba viendo a un tipo sobre algo u otro... Espero que eso no signifique drogas.

Rowen consideró esas palabras. Ella consideró dónde había estado David la noche anterior, antes de que él hubiera conducido a su casa y a su jardín.

—Creo que podría saber lo que eso significa — Rowen tenía sus sospechas, y ella apostó a que estaría en lo cierto.

—¿De qué estás hablando? —Eric preguntó, dándole una mirada cautelosa.

—Te explicaré mientras conducimos —Se dirigió a su auto—. Vamos. Yo conduzco.

—¿Qué es lo que no me estás diciendo? —Eric le preguntó en el momento en que se sentó en el asiento del pasajero.

Rowen puso en marcha el auto y salió a la calle. Definitivamente necesitaba decírselo a Eric. No estaba segura de por dónde empezar.

—¿Te acuerdas de lo que Lindsay dijo?

—Deletreó, quieres decir.

—No te hagas el inteligente —Rowen masticó el interior de su boca por un momento—. Creo que sabes de lo que estoy hablando, ¿verdad?

—¿Qué? —Eric preguntó— ¿Cuándo ella deletreó la palabra, 'él?' Eso podría significar cualquier 'él'. Podría ser ese tal Justin que visitaste, que aún no apruebo, por cierto. Podría ser tu asesino.

—El 'él' que mencionó no tiene que ser el asesino —señaló Rowen—. Podría ser alguien que vio en la fiesta.

—David no estaba en la fiesta, sin embargo.

Rowen no dijo nada. Mantuvo los ojos en el camino.

—David no estaba en la fiesta —repitió Eric, perplejo. Se quejó de repente—. Oh, diablos. Estaba en la fiesta, ¿no? Ahí es donde se puso tan ebrio.

Rowen sacudió la cabeza.

—Justin nos dijo.

—¿Y por qué no me lo dijiste? —Eric no sonaba emocionado. No estaba enojado, necesariamente, pero tampoco estaba contento.

—En su momento no se sentía bien —Eso era una mentira, y Rowen se sintió horrible por decirla. No había dicho nada porque tenía miedo de lo que pasaría si esto realmente llevaba a algo—. No estabas aquí por mucho tiempo... Quería que el tiempo que pasáramos juntos fuera lo más agradable posible. Tu hermano siendo arrestado parecía como algo que arruinaría todo eso.

Eric se quedó callado por un tiempo mientras conducían. Miró por la ventana, profundamente perdido en sus pensamientos. Eso no era una buena señal.

—No puedes esconderme esas cosas —dijo Eric—. Este tipo de cosas, especialmente cosas que me involucran directamente así... No puedes esconderme esas cosas.

Rowen se encogió. ¿Eso era esto? ¿Era su primera pelea como pareja? Ella lo había estado temiendo.

—Yo… no era mi intención.

—Sí, lo era —dijo Eric, lo cual era cierto si lo pensaba—. Las cosas en las que no piensas son cosas como irte hoy a cuestionar a Justin sin mí. Sin embargo, todo vuelve al mismo problema. Si vamos a hacer que esto funcione, tienes que pensar en nosotros como un equipo.

Rowen no estaba segura de qué decir a eso, así que no dijo nada. Se arrepintió de guardar silencio. El silencio que siguió fue casi insoportable. Rápidamente se hizo demasiado pesado para interrumpirlo, y encender la radio se sentía como un intento obvio de tener cualquier otra cosa llenar el silencio.

Afortunadamente, cuanto más se acercaban, más la mente de Rowen volvía a su trabajo. Algo le dijo que tenía razón acerca de que David estaba en casa de Justin. Si se equivocaba... bueno, el viaje a casa iba a ser aún más incómodo.

Pronto, se acercaban a la casa. Rowen se estacionó en la entrada, y sus faros cayeron inmediatamente en la parte trasera del coche de David. Bueno, eso le dio un poco de alivio. Al menos no habían conducido hasta aquí por nada.

A su lado, Eric respiró hondo. Rowen se dio cuenta de que estaba nervioso. Eso era justo. Ninguno de ellos sabía qué esperar en esa casa. Fiestas aparte, estaba bastante tranquilo aquí afuera. Dada su experiencia pasada con Justin, ella esperaba que él los estuviera mirando por la ventana a medida que se acercaban. Todavía había luces encendidas en el interior, pero nadie fue a ellos.

En cambio, cuanto más se acercaban, más oían venir de adentro. Rowen y Eric intercambiaron miradas para asegurarse de que ambos estaban escuchando lo mismo. Sonaba como una pelea.

Se apresuraron a la puerta. Afortunadamente, estaba abierta. Eric irrumpió. Rowen se quedó atrás, tomando una postura más cautelosa.

El interior de la casa era tanto un desastre como el patio. Podría haber sido un lugar agradable antes de la fiesta, pero parecía que la casa todavía no había sido limpiada. Rowen estaba hasta el tobillo de botellas de cerveza y vasos de plástico rojo mientras se acercaba al ruido.

De hecho, había una pelea en marcha. Justin y David se estaban agarrando en el suelo. David estaba encima y parecía tener la ventaja contra el más bien escuálido Justin. Aun así, dada la sangre que salía de la nariz de David, él también había recibido algunos buenos puñetazos.

Eric ya estaba tratando de meterse entre ellos.

—¡Qué diablos… Detente! —Sacó a su hermano con facilidad, como si no fuera la primera vez que lo arrastraba de una pelea.

Justin hizo un movimiento para salirse ahora David que estaba restringido. Rowen escogió ese momento para saltar a la acción.

—¡Llamaré a la policía! —advirtió, sacando su teléfono celular— ¡Atrás, los dos!

—¡Adelante! —Gritó Justin, su adrenalina todavía bombeando. La miró con ojos salvajes— De eso se trata todo esto, ¿no? ¡No quiere que llame a la policía porque asesinó a Lindsay! —Había lágrimas en los ojos de Justin. Una mano apuntó a su boca mientras era vencido por la emoción—. Trató de pagarme para que no diga nada. ¡Quería que actuara como si él no hubiera estado aquí!

Rowen miró a David. Había cojeado hasta los brazos de Eric. Su mirada estaba clavada en el suelo. Parecía perdido, derrotado.

—¡Fuera! —Gritó Justin, como si recordara de repente que no tenían derecho a estar allí— ¡Todos ustedes salgan o llamaré a la policía!

Rowen no esperó para saber si estaba mintiendo o no. Ella le pidió a Eric que se apurara y la siguiera por la puerta principal. Eric hizo justo eso, arrastrando a su hermano.

—¿Qué te ha pasado? —Eric exigió, todavía sosteniendo a su hermano firmemente por el brazo una vez que estaban fuera— ¿Qué haces saliendo en medio de la noche para buscar peleas, es en serio?

David no dijo nada. Continuó mirando a lo lejos. O tenía mucho en qué pensar en este momento, o estaba profundamente avergonzado. Tal vez ambos.

—Dame tus llaves —dijo Eric, levantando la mano. No parecía que David estuviera bajo la influencia de ninguna droga, pero eso probablemente hizo que todo esto fuera más preocupante.

David no discutió con su hermano. Sacó las llaves del bolsillo y se las entregó.

—Sube al auto —Eric instruyó a continuación.

—Sube a mi auto —corrigió Rowen. Ella le ofreció a Eric una sonrisa cuando él le dirigió una mirada inquisitiva—. Estás enojado —dijo—. Tal vez sería mejor si ustedes dos no fueran atrapados en un automóvil juntos todo el viaje a casa.

—Está bien —dijo David. Era lo primero que les había dicho desde que llegaron. Se dirigió al lado del pasajero de su propio automóvil.

—No —respondió Eric—. Ve con Rowen. Yo podría matarte. Vamos a tener una larga conversación cuando volvamos a la casa.

David tampoco discutió ante eso. Se dirigió al auto de Rowen.

Esto iba a ser bastante raro. Rowen no se hacía ilusiones al respecto. Sin embargo, todavía parecía la decisión correcta. Se preocuparía si tuviera que seguir a Eric y David a casa todo el camino. Además, tenía algunas preguntas para David.

—¿Qué estabas haciendo aquí? —Preguntó, tan pronto como estaban dentro y ambas puertas estaban cerradas.

David no dijo nada. Parecía que iba a tratar de volver a estar en silencio.

Rowen puso en marcha el motor.

—Espero que no te sientes allí y te hagas el enojado. No eres un niño. Ya estás demasiado grande —puso primera y salió a la carretera. Eric ya se había retirado delante de ellos.

—No importa —dijo David, girando para mirar por la ventana—.

—Sí importa —insistió Rowen. Trató de pensar en un nuevo enfoque para sacarle información—. Realmente amo a tu hermano, ¿sabes? —Por el rabillo del ojo, Rowen vio a David encogiéndose de hombros— No sé si las cosas van a funcionar entre nosotros. Mi familia tiene una historia bastante manchada de relaciones. Espero que esto funcione, y espero que eso eventualmente nos haga algo así como una familia.

David la miró con las cejas levantadas, como si estuviera bastante impresionado con ese deseo.

—El punto es —continuó Rowen, sin disuadirlo— que haría cualquier cosa por mi familia. Si están en problemas, quiero decir. Si hay algo que hiciste, yo también quiero saber sobre eso. Quiero ayudarte.

David miró por la ventana. Por un momento, Rowen estaba seguro de que iba a volver a ignorarla. En vez de eso, dio un suspiro.

—No intenté ofrecerle dinero —dijo.

Eso era algo. ¿Finalmente iba a abrirse a ella? Rowen siguió con eso.

—¿Qué pasó, entonces?

—Me contactó y me pidió dinero —dijo David—. Supongo que se enteró de que yo venía de una familia rica —esnifó David—. No es que nada de eso signifique que soy rico. Si acaso, he acumulado más deudas de las que puedo hacer por mi familia.

—¿Así que, trató de chantajearte? —Rowen podía creer eso. No sonaba como si David le estuviera mintiendo ahora mismo. Parecía muy probable que alguien como Justin tratara de extorsionar por dinero a alguien, y luego tener un cambio de idea. Ella no estaba segura de cómo se veía su casa, pero el desorden sobrante de la fiesta, le dijo que tenía mucho que pensar en su mente. La muerte de Lindsay probablemente le había pegado fuerte.

—Dijo que me vio salir de la fiesta con Lindsay —dijo David. Su voz sonaba un poco temblorosa mientras relataba—. Dijo que estuvimos encima el uno del otro toda la noche, y que ella dejó la fiesta conmigo. Me preguntó si quería que no se lo dijera a nadie. Claro que sí. No podía... No puedo dejar que ese tipo de atención caiga sobre mi familia.

Rowen no se lo esperaba.

—¿Te fuiste con Lindsay? —Preguntó, de repente muy cautelosa del hombre sentado en el auto a su lado.

David se quedó en silencio de nuevo. Esta vez, parecía estar profundamente en el pensamiento. Una mano se le fue a la boca. Estaba temblando.

—No lo sé —admitió.

—¿No lo sabes? —Rowen no estaba segura de creérselo.

—No lo sé —insistió David—. Yo... Mi trabajo me afecta a veces. No necesariamente actúo como debería —Hizo una mueca—. Bebo demasiado. He experimentado con algunas cosas que no debería. No dependo de eso ni nada, pero... estar sobrio se ha convertido en una especie de trabajo, ¿sabes?

Rowen no lo sabía, pero tomaría su palabra.

—Supongo que tu familia realmente te estresa, ¿eh? Eso es mucha presión.

David asintió.

—Esa no es excusa, pero... Sí. Supongo que es una gran parte. Eric siempre ha sido el bueno. Él podría hacer negocios mientras duerme. Yo no soy bueno con la gente.

Rowen lo había notado, pero no dijo nada al respecto. Trató de regresar la conversación al tema apremiante.

—Pero ¿si te fuiste a casa con Lindsay esa noche?

—¡No lo sé! —David se rompió, como si no hubiera querido hacerlo— No lo sé —repitió, más tranquilo esta vez— Ojalá lo supiera, pero... Había estado bebiendo toda la noche. Sé que pasé la mayor parte de la fiesta con una chica en particular. No recuerdo su nombre, pero definitivamente pudo haber sido Lindsay. Después de eso... todo es una especie de borrón.

—¿Por qué viniste a mi casa? —Preguntó Rowen, pensando en esa noche— ¿Qué estabas haciendo aquí en Lainswich?

David cayó en silencio una vez más. Esta vez, parecía avergonzado. Negó con la cabeza.

—Es estúpido —dijo.

Ahora Rowen realmente tenía que saberlo.

—¿Por qué? Dime.

—No, es... —David suspiró—. No le digas a Eric, ¿de acuerdo?

—No se lo diré a Eric —prometió Rowen.

—Habla de ti todo el tiempo —dijo David—. Toda la familia ha sabido dónde vives por un tiempo. Eric nunca dejó de hablar de ti y Lainswich y lo mucho que le gusta pasar tiempo aquí.

Rowen se sintió halagada. Sin embargo, dudaba que hubieran llegado a la parte "estúpida".

—En una bronca, se me ocurrió que debía venir aquí —continuó David. Iba a ... Uh ... seducirte.

Rowen no pudo evitarlo. Ella se rio de eso.

—No hiciste el mejor trabajo.

—Lo sé —dijo David—. Créeme, lo sé. También me di cuenta de lo mala que era esa idea en el camino. Decidí ir a una fiesta. Aparentemente, eso también fue un error.

—Si es un consuelo, no creo que hayas matado a nadie —Rowen realmente no lo hacía—. Parece que estabas bastante maltrecho esa noche. Realmente no veo cómo podrías crear una escena como lo hizo el asesino y no dejar evidencia obvia si estuvieras tan lejos.

David asintió con indiferencia. Todavía parecía inseguro, como si quisiera creerle, pero no podía.

—Había algo de sangre en el asiento del pasajero. No recuerdo que estuviera allí antes de venir aquí.

Rowen había estado pensando en eso. Recordó la sangre que había encontrado cuando estacionó su auto por él. Tampoco se lo había dicho a Eric. Se preguntó si él ya se habría dado cuenta a estas alturas. Probablemente no lo haría en la oscuridad.

—No era una gran cantidad—señaló—. Tú no sabes si es de Lindsay.

—Creo que ella estuvo en mi auto —se desdibujó David. Estaba temblando de verdad. Había lágrimas en sus ojos—. ¿Y si soy el asesino?

Estaba genuinamente aterrorizado de haber hecho algo atroz. Por primera vez desde que todo esto había comenzado, Rowen se sentía segura de que no podía ser el perpetrador.

—No creo que tú puedas haberlo hecho —insistió—. Quienquiera que mató a Lindsay hizo que pareciera una especie de ritual de brujería. No tendrías ninguna razón para hacer ese tipo de cosas.

Esa línea de razonamiento parecía calmar un poco a David. Todavía se inquietaba, pero hacía que el viaje a casa fuera tolerable, al menos.

Cuando se detuvieron en la casa Greensmith, se había vuelto a callar. Había más coches estacionados en la parte delantera ahora. Parecía que las primas de Rowen habían llegado a casa. Se preguntó si habrían tenido suerte en ponerse en contacto con Lindsay directamente. Probablemente no.

Eric ya estaba fuera del coche de David y de pie junto a la puerta, esperándolos. Tenía las manos en los bolsillos y una expresión de ira en la cara. Si había utilizado su tiempo a solas conduciendo para reflexionar, ciertamente no le había hecho aceptar nada de esto.

David miró por la ventana a su hermano. Rowen podía decir que temía salir e ir a hablar con él.

—Estará todo bien —le dijo. No estaba segura de que estuviera bien. David probablemente conocía a su propio hermano mejor que ella. Aún así, lo sacó del auto.

Ambos se dirigieron de nuevo juntos, probablemente a hablar en privado. Rowen los vio ir, y luego se dirigió adentro. Sus primas estaban comiendo una cena tardía en la cocina.

—¿Cómo fue tu día? —Preguntó Rose, sonando cansada. Aparentemente, tratar de contactar un fantasma todo el día le quitaba muchas energías a una persona.

—Es una larga historia —dijo Rowen con un suspiro, que se fue a preparar un poco de café—. Te lo contaré todo más tarde... ¿Tuviste suerte con Lindsay?

Margo negó con la cabeza.

—No creo que quiera hablar con nosotras —dijo con el ceño fruncido.

Willow dijo:

—Creo que, tal vez, ella siguió adelante.

Rowen puso los ojos en blanco.

—Aún no hemos resuelto su asesinato. ¿Por qué iba a seguir adelante?

—Probablemente preferiría que le diéramos un tiempo —se quejó Margo—. Probablemente le gustaría que la cosa no se resolviera. Siempre fue una reina del drama.

—No hables mal de los muertos —advirtió Rowen, pero tuvo que darle la razón a Margo. Eso sonaba bien.

Rowen conversó con sus primas un poco más. Cuando Eric aún no había regresado, se fue y se duchó. Aún estaba sentado en la habitación cuando ella regresó. Estaba en su cama, haciendo algo u otro en su computadora portátil. Sin embargo, no parecía estar concentrado en ello. Su mente estaba, comprensiblemente, en otra parte.

—¿Cómo te fue? —Preguntó Rowen, todavía con una toalla en su cabello.

Eric negó con la cabeza.

—Podría haber ido mejor —Le hizo un gesto con la mano, deseando que se uniera a él. Ella lo hizo—. Creo que tú ayudaste —dijo—. Se abrió un poco. Supongo que es un buen primer paso. ¿Sabías que cree que mató a Lindsay?

Rowen asintió.

—Me lo dijo. No creo que sea posible.

—No pensaste que tu abuela matara a alguien era posible —le recordó Eric.

Eso fue un poco duro, pero ella reconoció el punto.

—Bueno, ¿crees que tu hermano la asesinó?

Eric se detuvo como si considerara eso, pero no tomaría mucho tiempo.

—No —admitió—. No creo que lo tenga en él, y suena como si hubiera estado demasiado ebrio para hacer algo por el estilo.

—Eso es lo que le dije.

Eric cerró su laptop. Puso un brazo alrededor de Rowen y dejó que su cabeza regresara. Estaba exhausto. Después de esa emoción, ambos lo estaban.

Rowen inclinó la cara cerca de la suya. Ella lo besó en la mejilla.

—Siento haber metido a tu familia en toda esta locura —dijo.

Eric se rió.

—No es tu culpa —dijo, como si la idea fuera ridícula.

Rowen no estaba tan segura. Tenía la sensación de que su familia tendía a propagar el caos un poco como una enfermedad. Tal vez por eso sus relaciones nunca duraban.

Capítulo once

Rowen se despertó ante el ruido de un gran revuelo escaleras abajo. Intentó ignorarlo al principio, el ruido no era raro en la casa Greensmith. Intentó darse la vuelta y simplemente volver a dormirse.

Fue cuando Rowen se dió la vuelta que se encontró con una cama vacía. Eric ya se había levantado. La parte del colchón que había dejado estaba fría.

La puerta de un auto se cerró afuera. Eso despertó la curiosidad de Rowen. Se sentó y fue hasta la pequeña ventana del ático. Miró hacia fuera y vio... ¿un patrullero de policía?

La mayoría de su familia estaba afuera. Los padres de Eric estaban ahí fuera también. El Sr. Richardson parecía estar cruzando algunas palabras con un oficial. Mientras tanto, podía ver una grúa que desaparecía por la entrada. Estaba llevando lo que parecía ser el auto de David.

Rowen ya no se quedó en la ventana para mirar. Arrojó una bata sobre su camisón y se apresuró abajo. Bajo de a dos escalones a la vez y voló atravesando la puerta principal. Para entonces, ya había dos patrulleros de la policía que se alejaban.

Rowen fue directo hacia Eric. Estaba de pie junto a su madre. Sus manos estaban enroscadas en puños y su mandíbula estaba apretada.

—¿Qué pasó? —Preguntó, mirando a su alrededor a todos los que se reunían tranquilamente en el césped delantero.

Eric no dijo nada al principio. Esperó hasta que la tía Lydia se acercó y llevó a su madre lejos. La señora Richardson parecía particularmente sacudida.

El Sr. Richardson fue pisándole los talones cuando se dirigió de nuevo adentro.

—Se llevaron a David para interrogarlo —dijo Eric, todavía mirando fijamente en la dirección en la que se habían ido.

—¿Qué? —Rowen se sorprendió. Pero no debería haberlo hecho. Probablemente debería haber esperado algo como esto— Justin debe haber hablado con ellos.

Eric asintió.

—Dijeron que había una mancha de sangre en su auto. Que pertenecía a Lindsay.

Por eso se habían llevado el auto. Rowen miró hacia fuera en la dirección en que se había ido también. Si hacían pruebas y se enteraban de que era la sangre de Lindsay... ¡Guauu!. Esto era realmente malo.

—¿Sabías de la sangre? —Preguntó Eric. Se volvió para mirar a su novia. Su expresión mostraba su conflicto interno, como si él quisiera que le dijera que no.

No había una razón razonablemente buena para que Rowen hubiera mantenido lo de la mancha de sangre en secreto. Suponía, de nuevo, que fue porque no quería preocuparlo. Ella lo había mantenido en secreto porque parecía lo más conveniente. Rowen nunca había querido que pensara que su hermano podía ser un asesino.

—La vi cuando moví el auto —admitió. Consideró decir que se había olvidado de ello, pero eso sería una mentira. No quería tejer una maraña de mentiras con Eric. Eso sólo empeoraría las cosas.

—¿Por qué no me lo dijiste? —Eric preguntó. Esta vez había ira en su voz. Sus primas también debían haberlo oído. Todas ellas comenzaron a entrar en silencio para mantenerse lejos de sus asuntos.

—Yo sólo... —Rowen realmente no tenía una buena excusa— Nunca pensé en eso, supongo.

—¿En serio? —Eric rompió. Era la primera vez que le gritaba a Rowen. La hizo saltar en su lugar— Después de lo que hablamos anoche, realmente piensas... —Eric se fue. Se dio la vuelta y comenzó a caminar hacia dentro.

—Eric… —lo llamó mientras se alejaba. Necesitaban hablar de esto, ¿no? Cada vez que un hombre se había alejado de ella después de una pelea así, nunca había regresado. No quería que las cosas terminaran así con Eric.

—Tengo que hacer algunas llamadas —dijo Eric, saludándola—. Necesito llamar a nuestro abogado y… no sé qué más.

Rowen lo vio volver a entrar. Tenía una sensación de hundimiento en el pecho. Acababa de arruinar algo maravilloso. Sabía que lo había hecho. Después de unos minutos de estar de pie afuera en su bata, se dirigió hacia adentro.

Había voces provenientes del estudio, así que lo evitó. Parecía que toda la familia Richardson estaba al teléfono al mismo tiempo, cada uno haciendo una llamada diferente para tratar de ayudar a David.

La propia familia de Rowen se organizó en la cocina. Todas estaban reunidas alrededor de la cafetera, hablando en voz baja la una a la otra. Miraron hacia arriba cuando Rowen entró.

La tía Lydia sostuvo un brazo. Rowen fue a ella y dejó que su tía la sostuviera en un breve abrazo.

—Esto se resolverá a sí mismo —dijo Lydia—. Siempre lo hace.

Lo haría, por supuesto. La familia Greensmith se mantendría fuerte. Era su relación con Eric lo que le preocupaba.

—Pobre David —dijo Margo con un suspiro—.

—Me sorprende que hayan tenido un orden tan rápido —dijo Peony.

Rose asintió.

—Supongo que están realmente seguros con este.

Margo y Rowen intercambiaron miradas. Ambas habían estado juntas en la comisaría, y sabían que eso no era cierto. Incluso Ben se había molestado porque no estaban dándole a este caso la atención que merecía. Había una muy buena posibilidad, con la falta de otras pistas, que estuvieran buscando un chivo expiatorio. Rowen tuvo que admitirlo— David era el chivo perfecto.

—Así que —comenzó Rose, balanceándose sobre sus talones y mirando a Rowen. Parecía nerviosa para hacer una pregunta bastante obvia—. Deberíamos... ¿Sabes? ¿Deberíamos informar esto?

—No —dijo Rowen, inmediatamente. Si Eric estaba enojado con ella ahora, no podía imaginar cómo se sentiría acerca de ella usando el arresto de su hermano para su propio beneficio personal.

—¿No parece raro no hacerlo, sin embargo? —Preguntó Willow.

Margo asintió.

—Julia Martínez lo hará. Diablos, probablemente ya lo haya hecho. Esa mujer trabaja rápido.

—Ni que fuéramos una fuente de noticias de última hora o algo así —insistió Rowen en su afirmación. Que por lo general incluía cosas como exposiciones y cosas de esa naturaleza. Esto podría omitirse. Esto necesitaba omitirse—. Déjalo afuera. Sigue intentando contactar a Lindsay. Iré contigo hoy. Voy a tratar de ayudar.

—No creo que eso vaya a funcionar —dijo Rose, frunciendo el ceño. Parecía desgarrada, pero comprensiva—. Creo que Peony tiene razón. Creo que Lindsay siguió adelante. No hay realmente nadie más para contactar sobre esto, tampoco.

—Estas cosas pasan —dijo la tía Nadine—. El empate de la vida después de la muerte puede ser fuerte para algunos.

—En realidad, creo que Lindsay era así vengativa incluso en la muerte —murmuró Margo.

La tía Nadine inclinó la cabeza.

—A veces ese es el caso, también.

—Estará bien —dijo la tía Lydia, interviniendo para abordar el corazón del problema—. Podrías preguntarle a Eric lo que siente al respecto de presentar sólo los hechos. Son una familia fuerte. Estoy segura de que lo entenderán.

—No cubriremos la historia —dijo. Lo último que Rowen quería en este momento era que le llevaran la contra—. ¿Pueden prepararse todos? ¿Por favor? Llegaremos tarde —Esa era una excusa bastante tonta. Siendo que ellas eran el periódico, no importaba lo tarde que llegaran. No era como si pudieran hacer mucho hoy, de todos modos. El arresto sería lo más hablado en Lainswich. Si no lo mencionaban, iba a parecer una broma. Todo el mundo sabía que estaba saliendo con Eric y, si no lo sabían antes, lo sabrían ahora que David era su hermano.

Rowen se sentía como si estuviera al borde de las lágrimas. Por lo general era tan buena bajo presión. Esto la hacía sentir como una niña inexperta. Ya había estado en relaciones que se fueron al diablo antes. ¿Por qué dolía tanto?

Rowen volvió a su habitación en el ático y se vistió para ir a trabajar. Se sentó allí durante lo que se sintió como un tiempo muy largo. Era difícil motivarse a hacer lo que había que hacer. Se sentía como si hubiera hecho un trabajo espectacular para arruinar esto, hasta ahora. Sin embargo, era importante que se mantuviera ocupada. Si la policía no iba a hacer su trabajo, ella necesitaba ser quien ayudara a resolver este caso. Su relación dependía de ello. Más que eso, el futuro de David dependía de ello. Puede que no le importara mucho David, pero no pensaba que fuera un asesino.

Cuando Rowen volvió abajo, sus primas ya la estaban esperando. Todas parecían cansadas. Sintió una puñalada simultánea de afecto por su familia cuando los vio a todos girar para mirarla con sonrisas simpáticas. Sólo trataban de ayudar. Nada de esto era su problema. Sólo trataban de ayudar.

Rowen hizo un esfuerzo para ofrecerles de vuelta una sonrisa propia. Se dirigió a ver a Eric antes de irse. Él y su familia todavía estaban con sus teléfonos. Eric parecía estar en espera, y se las arregló para hacer contacto visual con él.

Rowen dijo que se iba a trabajar. Eric no dijo nada. Sólo frunció el ceño.

Eso era todo, entonces. Tendría que tratar de hablar con él después de que todo esto terminara.

Rowen se dirigió hacia el auto con sus primas y a la oficina.

El camino a la oficina fue muy silencioso. Normalmente, hacían muchas bromas. Todas discutían sus historias, las respuestas en su sitio web, lo que llevaban para el almuerzo. Hoy, nadie decía mucho de nada.

Sin embargo, al acercarse al trabajo se inspiró una conversación. Había gente estacionada al lado de la carretera y una furgoneta de noticias al frente. No había mucho en las noticias locales aquí en Lainswich, pero aun así atrajo a una pequeña multitud.

—Tienes que estar bromeando —dijo Margo—.

Rose entrecerró los ojos.

—¿Esa es Julia Martínez?

Era. Julia Martínez estaba de pie en la puerta principal de su oficina, un micrófono en mano. Un camarógrafo estaba esperando junto a ella. Ella realmente era rápida cuando se trataba de reportar.

—¿Qué debemos hacer? —Preguntó Peony.

—Iremos a trabajar como siempre lo hacemos —dijo Rowen, ya buscando un lugar para estacionar. No iba a dejar que el pueblo los ahuyentara. Esta era su ciudad y su sustento—. Simplemente no respondan ninguna pregunta. Desbloquearemos la puerta principal y entraremos.

Las preguntas comenzaron tan pronto como bajaron del auto.

—Srita. Greensmith —la llamó Julia, presumiblemente buscando una respuesta de cualquiera de ellas—. ¿Tiene algún comentario sobre el arresto de David Richardson?

Rowen quiso señalar que, por lo que ella sabía, sólo estaba siendo interrogado. Pero no dijo eso. Se metió la mano en el bolsillo y sacó la llave.

—Los Richardson se alojan con ustedes en este momento, ¿correcto? —Julia continuó, empujando el micrófono hacia fuera y en sus rostros. Esto se sentía terriblemente confrontativo para venir de las noticias locales.

—Cuidado —advirtió uno de los transeúntes reunidos allí—. No las hagas enojar. Te pondrán una maldición.

La multitud rió. Rowen abrió la puerta y movió a sus primas dentro. Cerró la puerta detrás de todos ellos.

—A mi oficina —dijo.

El frente de su edificio era de vidrio, pero la oficina de Rowan sólo tenía una ventana. Se aseguró de cerrar las persianas por si acaso. Esto era peor de lo que ella podría haber anticipado.

—¿Qué pasará ahora? —Preguntó Peony, sonando como si estuviera al borde de las lágrimas. Esto acababa de darle a la ciudad una nueva razón para desconfiar de ellos.

—Trataremos de resolver esto —dijo Rowen. Ahora, más que nunca, eso era crucial. Se había vuelto personal. Primero, golpeó a Eric, y ahora, estaba lastimando a su familia. Rowen no podía dejar que eso pase.

—Realmente creo que la Ouija es una pérdida de tiempo —dijo Rose.

Rowen asintió.

—Probablemente tengas razón.

—Bien, pero ¿qué hacemos? —Margo sonaba enojada. Nunca había sido muy buena para manejar el estrés.

—Siempre hay más gente con la que podemos hablar —dijo Rowen. Odiaba sugerir eso. Trataba de evitar entrevistas con personas sobre temas infelices como este. Invitarlos a la oficina o llamar con anticipación era una cosa. Pero aparecer directamente en la casa de alguien afectado por una tragedia era otra. Parecería Julia Martínez parada afuera de su puerta, esperando para ponerle el micrófono en la cara.

—¿Quién? —Preguntó Rose.

—Nunca entrevistamos al marido de Lindsay —Rowen odiaba siquiera sugerirlo—. Apuesto a que él tendrá una pieza de este rompecabezas.

Sus primas intercambiaron miradas inciertas. Rowen no las culpaba. Su idea era bastante audaz.

—¿Estás segura de que debamos? —Preguntó Rose— El pobre tipo acaba de enterrar a su esposa hoy. No creo que vaya a gustarle que todas nosotras aparezcamos en su puerta.

—No seremos todas nosotras —dijo Rowen—. No puede ser. Si vamos a ir, una o dos de nosotras necesitamos escabullirnos. Incluso si las noticias se van, tengo la sensación de que la gente va a estar por ahí afuera por un tiempo. Lo último que queremos es una multitud que nos siga a la casa del viudo. Eso parecería insensible.

—Es insensible —dijo Rose.

—Es inevitable —dijo Rowen, no estaba del todo segura de que eso fuera verdad, pero era su única idea. De lo contrario, tendría que quedarse sentada esperando a que este problema se resolviera por sí mismo. Ciertamente no podría hacer eso.

—Tenemos que hacer algo —dijo Margo. Ella nunca había sido muy buena en esperar sin hacer nada, tampoco.

—¿Quién irá contigo? —Preguntó Rose.

Aparentemente ya era un hecho que Rowen iría. Eso estaba bien. Consideró la pregunta. Rose necesitaba estar aquí. Si algo relacionado con el trabajo sucedía, ella sería capaz de manejarlo. Margo estaba definitivamente descartada. No era una persona muy popular cuando se trataba de ser delicada. —Willow y Peony —dijo Rowen finalmente—.

Willow y Peony se miraron y luego volvieron a mirar a Rowen. Asintieron con indiferencia.

—Sin embargo, ¿cómo vamos a llegar allí? —Willow preguntó.

—Nos verán si tratamos de llegar a nuestro auto, ¿verdad? —añadió Peony.

Ese era un buen punto. Si querían atraer la menor atención posible, no podían volver a salir por el frente. Alguien tendría que entrar por atrás y encontrarse con ellas justo debajo de la ventana de la oficina.

—Tendremos que conseguir que nos lleven —dijo Rowen.

—¿Quién? —preguntó Willow.

Capítulo doce

—Esta es una terrible idea —dijo Willow, mirando por la ventana de la oficina al viejo Buick de su tía Lydia.

—Es la única persona a la que podíamos llamar —dijo Rowen en defensa propia, sosteniendo la ventana abierta—. Si tienes una mejor idea, por supuesto, habla.

—Ten cuidado —advirtió Rose—. No me importa lo mucho que quieras respuestas. Si él te pide que te vayas, tienes que irte.

—Ustedes también tengan cuidado —advirtió Rowen. No había mirado hacia la parte delantera del edificio por un rato, pero podía oír a la gente por ahí. Parecía que habían estado buscando una excusa para ir tras las chicas Greensmith por un tiempo—. No dudes en llamar a la policía si es necesario. —Ella los habría llamado ella misma, pero sentía que eso acabaría exacerbando las cosas.

—Llámanos cuando hayas terminado —dijo Margo—. No quiero pasar toda la noche aquí.

Rowen salió por la ventana. Willow y Peony la siguieron. Llevarlas a ellas parecía la elección correcta. Eran las más sociales de sus primas. Eran dulces y amables. La gente tendía a gustarles, incluso si desconfiaban del resto de sus parientes.

La tía Lydia, por otro lado, tendría que esperar en el coche cuando llegaran a la casa Martel.

—Es un circo ahí fuera —dijo Lydia, cuando Rowen abrió la puerta—. Se podría pensar que la gente tendría algo mejor que hacer en esta época.

—Se podría pensar —aceptó Rowen, sentada en el asiento delantero. Willow y Peony se apilaban en la parte de atrás—. Muy bien. Tenemos que hacerlo rápido. A ver, permíteme poner la dirección en mi GPS.

La tía Lydia agitó una mano, ignorando a Rowen y su teléfono.

—No te molestes. Conozco cada centímetro de esta ciudad —arrancó, derribando uno de los botes de basura con el parachoques de su auto. Tal vez esto había sido una mala idea.

De alguna manera, llegaron a la carretera sin alertar a nadie. Realmente era un circo en el frente. Los medios se habían ido, pero una docena o más de personas todavía estaban merodeando afuera, riendo y hablando y tomando fotos con sus teléfonos. Rowen intentó no dejar que la afectara.

—¿Cómo están los Richardson? —Preguntó Rowen.

—Bueno, esa mujer Julia trató de venir a nuestra casa y hacerles preguntas —dijo Lydia—. La ahuyentamos, sin embargo. Esa es nuestra propiedad privada. Los Richardson llamaron a su abogado. Se dirige hacia aquí, aunque le llevará algún tiempo, supongo. Pero es algo bueno, creo. Esa gente ciertamente tiene el dinero para todo, ¿no? —Ella dio un giro tomó un camino que no parecía el camino correcto para ir en absoluto— Eric está bien. Está molesto, pero eso es normal. Se le pasará, cariño. No te preocupes.

Rowen no estaba tan segura de creer eso. Tampoco estaba segura de que lo hiciera la tía Lydia.

De alguna manera, la tía Lydia las llevó a donde iban. Rowen no estaba segura de cómo lo había logrado sin indicaciones, pero no la cuestionó. Lo habían hecho rápidamente y en una pieza.

Ryan Martel vivía en una casa de dos pisos en una de las subdivisiones de la ciudad. Su auto estaba en la entrada. Nadie más parecía estar allí, lo cual era bueno. Sería demasiado incómodo visitarlo si tuviera a otros parientes de luto. Ya, Rowen estaba muy preocupada de que esto fuera a parecer terriblemente grosero. Sin embargo, se bajó del auto y pidió a Willow y Peony que hicieran lo mismo. Sería mejor acabar con esto de una vez.

Desde el exterior, parecía que Lindsay había vivido una buena vida. La casa era básicamente el sueño americano. Incluso tenía una valla blanca. Rowen se detuvo en la alfombra de bienvenida y llamó.

Nadie respondió al principio. Rowen estaba debatiendo cuánto tiempo debía esperar cuando sonaron pasos que venían de adentro.

—¡Sólo un minuto! —respondió la voz de un hombre.

Ryan Martel abrió la puerta. Era un hombre gordo con el pelo lacio y rubio. Estaba vestido con una camisa abotonada y pantalones negros. O iba a algún lado, o acababa de llegar de allí.

—¿Sí? —Dijo.

—Hola —extendió Rowen su mano—, soy Rowen Greensmith. Estas son mis primas, Willow y Peony.

La expresión en blanco de Ryan se convirtió en un ceño fruncido.

—No quiero hablar con más periodistas —Dio un paso atrás, como si estuviera listo para cerrar la puerta.

—Lamentamos molestarte en un momento como éste —dijo Peony, ofreciéndole una sonrisa—. No hacemos noticias de última hora ni nada. Julia Martínez nos tiene vencidos. Sólo queríamos hacer una nota porque, bueno...

—Fuimos a la escuela con Lindsay —dijo Willow, metiéndose. —La conocemos desde la primaria. Se siente tan raro que... —Miró hacia abajo como si experimentara una puñalada de dolor.

Peony continuó por ella.

—Se siente tan extraño que ella ya no está aquí, ¿sabes? Pensamos que lo menos que podíamos hacer era contar un poco sobre su vida.

—Si ahora es un mal momento, podemos volver más tarde —agregó Willow.

—No —dijo Ryan— su expresión se ablandó. Dio un paso atrás de nuevo, esta vez a un lado para que pudieran entrar—. Acabo de regresar del funeral. Estaré aquí por el resto de la noche.

—Gracias —dijo Peony, dándole otra sonrisa mientras todos se dirigían adentro.

Rowen tuvo que intentar recordar la relación de Willow y Peony con Lindsay. ¿Habían sido amigas las tres? No. Recordó claramente a Lindsay difundiendo el rumor de que Willow y Peony habían maldecido al equipo de fútbol para que nunca ganaran porque eran demasiado feas para pertenecer al equipo de porristas. Aparentemente, esas chicas eran mucho más torpes de lo que Rowen les había dado crédito. Estaba impresionada y un poco asustada.

Ryan tenía un buen hogar. Todo estaba muy limpio y blanco. Los llevó a una sala de estar bien amueblada. Se sentaron en el sofá, y Ryan se sentó frente a ellos.

—Lamentamos mucho su pérdida —dijo Rowen. Parecía lo único apropiado para decir.

Ryan dijo— Era toda una mujer.

—Ella era genial —dijo Willow, sacando un bolígrafo y un cuaderno como si fuera a tomar notas en él. Ella también podría. Iban a tener que escribir una pieza halagadora sobre Lindsay ahora.

—Regresé a Lainswich hace menos de un año, así que no la había visto en mucho tiempo —dijo Rowen—. Escuché que estaba trabajando como profesora de gimnasia.

—Los niños están realmente destrozados por eso. Muchos de ellos vinieron al funeral —dijo Ryan.

Rowen se preguntaba si estaban realmente tristes, o si simplemente se fueron porque era día de clases.

—Es fantástico que haya tocado tantas vidas.

—Sí, bueno... —Ryan parecía un poco desgarrado por eso— Quiero decir, ella no era exactamente una santa. Pero ¿quién lo es en verdad?

—Así es —dijo Rowen, tenía la sensación de que las cosas estaban a punto de ponerse un poco incómodas—. Lamento que tuvieras que, ya sabes, encontrarla como lo hiciste.

La mirada de Ryan se volvió distante, como que le había recordado algo que estaba tratando de olvidar.

—Es difícil no culparme a mí mismo por estar lejos, ¿sabes?

—Estabas trabajando —le ofreció Peony—. Nada de esto es tu culpa. Tú no tuviste muchas opciones.

Ryan inclinó la cabeza, haciendo un sonido como si no estuviera seguro de eso.

—Me iba más a menudo de lo que debería haberlo hecho —admitió—. No nos llevábamos tan bien en el final —Ryan empujó una de sus mangas por encima de su mano y se enjuagó los ojos—. Lo siento, estoy compartiendo en exceso.

—Está bien —le aseguró Rowen. Este era el tipo de cosas que quería oír. Además, parecía que necesitaba quitárselo del pecho. El pobre hombre probablemente se había aferrado a estos sentimientos todo el día—. No vamos a poner nada que no quieras en el artículo. Tienes mi palabra sobre eso. Incluso vamos a hacer que lo leas primero, si quieres.

Eso no parecía encajar mucho en lo que Ryan les dijo a continuación. Tenía la mirada de un hombre que sólo necesitaba un extraño para descargarse.

—Me iba muy a menudo. La amaba, pero... nos habíamos distanciado. Debería haber intentado resolver nuestros problemas. Debería haber estado aquí más en lugar de tomar trabajos que me llevaran lejos de casa... Ahora, nunca tendré la oportunidad de corregir mis errores.

Rowen lo veía esforzarse mucho por no llorar. Ella consideró lo que iba a decir a continuación y lo que implicaría.

—Usted cree que estaba teniendo una aventura, ¿verdad?

Willow y Peony miraron a Rowen, sorprendidas de que hubiera dicho tal cosa. Probablemente podría haber preguntado eso mucho mejor.

—Sólo pregunto por la naturaleza del crimen —agregó Rowen, rápidamente—. Lo siento, no quise que eso sonara tan terrible. Lo siento.

Ryan negó con la cabeza.

—No —dijo—. Está bien. Ese fue en realidad uno de mis primeros pensamientos también. Se lo mencioné a la policía. Escuché que arrestaron a un tipo de fuera de la ciudad hoy, pero —se encogió de hombros—. No lo sé. No lo sé. Esto me va a llevar un tiempo procesarlo.

Rowen le dio un respiro al pobre hombre después de eso. Siguió con preguntas más agradables. Hablaron de las aficiones de Lindsay y sus libros favoritos. Hablaron de lo mucho que le había encantado su trabajo. La conversación parecía animar a Ryan un poco. Rowen imaginó que era agradable sentarse y recordar en lugar de preocuparse por si parecía o no lo suficientemente triste delante de los parientes.

Cuando terminaron, Ryan condujo a todos al dormitorio de arriba.

—No puedo entrar —dijo—. Demasiados recuerdos ahí en este momento. Si ves alguna foto que te gustaría publicar en el periódico, sin embargo, no dudes en tomarlas prestadas.

El dormitorio principal parecía ser solo de Lindsay. Si Rowen tuviera que adivinar, diría que Ryan se había mudado al dormitorio de invitados hacía un tiempo. Los armarios estaban llenos de ropa. Los tocadores estaban cubiertos con cuadros y chucherías femeninas y maquillaje. A pesar de que a ninguna de ellos le había gustado especialmente Lindsay, era un poco deprimente estar allí. Había vivido en esta habitación, y ahora nunca volvería.

—Pobre chica —dijo Peony, con un suspiro, mirando a su alrededor las fotos enmarcadas en algunos estantes de la esquina.

—Si muero antes que ustedes, nunca dejen entrar a nadie en mi habitación, por favor —Willow ya estaba investigando algunas cosas que probablemente no debería haber husmeando.

—Trataré —Rowen se agachó rápidamente para mirar debajo de la cama. La habitación de Lindsay estaba muy ordenada. No había mucho que pareciera fuera de lugar. No estaba segura de lo que estaba buscando. La idea de que Lindsay había estado teniendo una aventura no parecía dar mucho para continuarla. Necesitarían algo que les dijera a dónde ir desde aquí.

—Tengo algo —dijo Willow, sacando un pequeño libro encuadernado en cuero del cajón de la mesita de noche.

Rowen entrecerró los ojos en lo que estaba sosteniendo.

—¿Es eso lo que creo que es?

Willow abrió el libro y pasó las páginas.

—Sí. Es un diario. La última entrada está fechada hace unas noches —Willow se tomó un momento para leer—. Ir a la fiesta con J —leyó—. ¿Quién es J?

—Dame eso aquí —Rowen tomó el diario y lo hojeó ella misma. Había mucho allí, demasiado para leer sin parecer sospechosa. Abrió su bolso y lo metió dentro.

—¡Rowen! — la reprendió Peony.

Rowen no lo sacó de nuevo.

—Podría haber algún tipo de pista aquí.

—¿No deberíamos dárselo a la policía, entonces? —Preguntó Peony— Podríamos decirle a Ryan que lo encontramos. Podríamos decirle que podría ser evidencia, y que debe dárselo a la policía.

Rowen lo había considerado. Pero no confiaba en la policía en este momento.

—Si hay algo valioso en él, lo traeremos de vuelta —prometió—. Inventaremos otra excusa para venir a visitarlo y reemplazarlo entonces.

Peony todavía parecía incierta, pero no hubo discusión con Rowen en ese momento. Recogieron las fotos que querían llevar y bajaron. Se despidieron de Ryan y se dirigieron de regreso a donde la tía Lydia estaba esperando.

—¿Encontraron alguna pista? —tía Lydia preguntó, un poco demasiado fuerte y en el tono de alguien saludando a sus hijos regresando de la búsqueda de huevos de Pascua.

—Sí, tía Lydia —dijo Willow y Peony, volviendo al auto.

—Entonces, ¿cuál es la próxima parada? ¿Quién lo hizo? —Preguntó Lydia, mirando hacia Rowen en el asiento del pasajero.

—A casa —dijo Rowen—.

—¿A casa? —Tía Lydia repitió, sonando decepcionada— Pensé que habías encontrado algo.

—Lo hice —dijo Rowen, sacando el diario de su bolso—. Hay algo que tengo que hacer primero, sin embargo.

Capítulo trece

Eric todavía estaba en la casa. Sus padres se habían ido a la comisaría, pero él se había quedado atrás. Aparentemente quedaban muchas llamadas por hacer. No sólo había necesidad de abogados, también se hizo necesario llamar a socios comerciales y clientes. El arresto de uno de sus miembros no era muy bien visto en su familia.

—Me sorprende que los principales medios de comunicación aún no se hayan enterado de esto —dijo Eric. Estaba entre llamadas telefónicas y miró hacia arriba cuando Rowen entró en la habitación.

Estaba hablando con ella ahora, aparentemente. Eso era alentador.

—No es tan sorprendente —dijo Rowen—. Las noticias nunca parecen salir muy lejos de Lainswich. Es como si viviéramos en una burbuja.

Eric asintió. Le dio a Rowen una mirada de arriba a abajo. Parecía dudoso sobre qué decirle, finalmente dijo:

—¿Qué hiciste hoy?

—Lo de siempre. Husmeando —Rowen acababa de dejar el libro a su tía Lydia, Willow y Peony para su escrutinio. Si encontraban algo más, la llamarían de inmediato. Mientras tanto, Rowen tenía otros asuntos que atender.

—Escuché que los locales te están haciendo pasar un mal rato —Tan molesto como Eric estaba tratando de parecer, no pudo mantener una nota de preocupación de su voz.

Rowen le ofreció una sonrisa cansada.

—Más razones para resolver esto de una vez —dijo—. Hablando de eso, es por lo que estoy aquí.

—¿Hmm?

—Voy a volver a la casa de Justin —dijo—. Pensé que te gustaría saber —Probablemente era demasiado tarde, pero ella sentía que era necesario decírselo—.

—¿Así como así? —Eric la miró por un momento, y luego comenzó a levantarse.

—Si necesitas hacer más llamadas, no tienes que venir conmigo —dijo Rowen—. Estoy segura de que voy a estar bien.

Eric negó con la cabeza.

—¿Crees que hay una posibilidad de que él sea el asesino?

—Es mi sospechoso principal en este momento, sí —admitió Rowen.

—Bueno, tengo que ir entonces, ¿no? —Lideró el camino afuera, con el teléfono aún en la mano.

Rowen le dijo a su familia que se iba, y luego se apresuró tras él. Se llevaron su auto. Eric hizo algunas llamadas mientras conducía, por lo que Rowen estuvo agradecida. Escuchar a Eric quejarse a extraños por teléfono era preferible al silencio incómodo.

Tenía que terminar en algún momento, sin embargo. Cuando lo hizo, aprovechó la oportunidad para informarle. Ella le contó cada pequeño detalle, y él la escuchaba en silencio, asintiendo de vez en cuando. Estaba llegando a la parte donde robaron el diario cuando entró en la casa de Justin.

—¿Te robaste la evidencia? —Eric preguntó. Parecía una pregunta retórica. Ya estaba pellizcando el puente de su nariz entre el pulgar y el dedo índice, como si sólo estar cerca de ella lo agotara.

—Lo devolveré —prometió Rowen—. Pero, para que quede claro, venir aquí a ponerle el dedo en la llaga a Justin es probablemente súper ilegal, también.

—No tengo mucha simpatía por este tipo —dijo Eric, lo que daba por hecho luego de que intentara extorsionar primero a David, y luego entregarlo a la policía—. Espero que él sea el asesino.

—No hagas nada precipitado —le advirtió Rowen—. Él podría llamar a la policía también. Eso se vería mal para todos nosotros.

Resultó que llamar a la policía no era lo peor que Justin podía hacer. Cuando abrió la puerta esta vez, fue con una escopeta en la mano.

—¿Qué estás haciendo aquí? —Preguntó, mirando los dos con cautela. —Te sugiero que salgas.

—Sólo estamos aquí para hablar —le aseguró Rowen—. No queremos problemas. Sólo queremos sentarnos y tener una conversación.

—No tengo nada que decir —dijo Justin, con los ojos moviéndose a Eric de nuevo—. Especialmente a él.

—Sabemos que intentaste chantajear a mi hermano —dijo Eric, hablando antes de que Justin tuviera la oportunidad de cerrarles la puerta en la cara—. Apuesto a que la policía no lo sabe, sin embargo.

—¡Trató de darme dinero! —Justin dijo, sus ojos se ensancharon por la acusación de Eric.

—Y agarraste un poco, ¿no es así? —Preguntó Eric— Independientemente de quién empezó qué, tengo la sensación de que va a hacerte ver muy mal.

Justin miró de Eric a Rowen y luego de nuevo. A regañadientes, abrió la puerta.

—No intentes nada —advirtió, sosteniendo su teléfono celular para mostrarles que lo tenía a mano—. No dudaré en pedir ayuda si tengo que hacerlo.

—Te invito a hacerlo —le dijo en respuesta Eric, y lideró el camino adentro. Rowen lo siguió hasta el sofá más cercano. Había unas cuantas latas vacías, pero Eric las apartó dejando lugar para sentarse.

—Sólo siéntanse como en casa, ¿por qué no? —Justin murmuró sarcásticamente. Levantó una silla del comedor adyacente— Bueno al grano. ¿Qué quieren?

—Queremos la verdad —dijo Rowen.

—¿La verdad? —Justin se rió— La verdad es que el hermano de tu novio llevó a esa pobre mujer a su propia casa y la mató allí.

Eric se tensó, pero no dijo nada.

—Queremos toda la verdad —dijo Rowen.

Justin parecía terco y decidido a no ser de ayuda.

—Ya le conté todo a la policía. Puedes ir a preguntarles a ellos.

Eric se metió la mano en el bolsillo. Justin se puso más tenso. El hombre todavía se aferraba a la escopeta y comenzó a levantarla ahora. Eric no sacó un arma. Sacó su billetera.

—¿Cuánto? —Preguntó.

—¿Cuánto? —Justin repitió, dudoso.

—Todo lo que quiero de ti es la verdad —insistió Eric—. Solo dime todo lo que pasó, y saldremos de aquí, ¿de acuerdo?

—Mil dólares —justificó Justin.

—Hecho —dijo Eric. Abrió su billetera y comenzó a sacar billetes.

Justin abrió los ojos ante la cantidad de dinero que Eric llevaba. También parecía dudoso, como si se estuviera preguntando si debería haber pedido más.

—Te diré qué —Eric parecía haber notado su expresión también—. Si me gusta lo que tienes para decirme, voy a darte otros mil. ¿Cómo te suena eso?

La lengua de Justin se precipitó sobre sus labios. Miró el dinero. Finalmente, extendió la mano y tomó los primeros mil.

—¿Qué quieres saber? —Preguntó.

—Comienza desde el principio —dijo Rowen, inclinándose hacia atrás y poniéndose cómoda.

Justin consideró la pregunta, probablemente tratando de encontrar un buen punto de partida.

—Hago una fiesta una vez cada dos meses —dijo—. Todo el mundo sabe de ellas, y todos están invitados. Tus primas han ido a un par —Justin miró a Rowen—.Tú sabes. Willow y Peabody.

—Peony —corrigió Rowen—. Y no me sorprende. Esas chicas tienen adicción por las fiestas.

—Bien —Justin continuó, despreocupado con la corrección—. Por lo tanto, mucha gente viene a ellas. En esta última fiesta había un montón de personas. Ni siquiera sé cuántas. Pero no hicimos nada terrible. Quiero decir, la policía aparece también. Sería una mala idea dejar que las cosas se salieran demasiado de las manos.

—Con tanta gente en una fiesta, las cosas tienen que salirse de control a veces —señaló Rowen.

Justin se encogió de hombros.

—Sí, a veces la gente se mete sustancias que no debería o hace cosas como iniciar una hoguera, seguro. Sucede.

Rowen levantó las cejas en eso.

—¿Y la policía no hace nada?

Justin vaciló.

—Si quieres los mil dólares extra, responde honestamente —dijo Eric, cruzando los brazos sobre su pecho.

—Nunca dicen nada al respecto —admitió Justin—. Quiero decir, ¿quién soy yo para juzgar, sin embargo? Todo el mundo necesita un poco de tiempo libre, ¿verdad? Incluso los policías. Diablos, especialmente los policías. Si no quieren saltar a cada llamada de cada pequeño crimen, eso me parece bien.

—Entonces, ¿policías como Ben Williamson? —Preguntó Rowen.

—Claro —dijo Justin—. Ha estado en unas pocas. Diablos, hasta el jefe de policía ha aparecido una o dos veces. Son buenas fiestas.

Rowen tendría que tomar su palabra sobre eso. Ella nunca había sido una gran fan de las fiestas. Las únicas grandes a las que había asistido habían sido con Willow y Peony, para vigilarlas.

—De todas maneras —continuó Justin—. Lindsay vino a un montón de mis fiestas. Ella era la verdadera alma de las fiestas —Justin colgó la cabeza—.

Realmente la voy a extrañar. Nadie podía animar una fiesta como ella. Esa chica bailaba como si nadie la estuviera mirando.

—¿Se acostó con alguien en las fiestas? —Preguntó Rowen.

Justin miró hacia arriba.

—¿Quieres decir que si estaba teniendo una aventura? Probablemente. Era muy insinuante con los chicos. No conmigo, pero con otros tipos. No sé si se acostaba con ellos, pero parece como algo que ella haría. Ella haría que alguien la dejara en la fiesta, y siempre encontraría su camino a casa con otra persona. Pero, oye, eso no era asunto mío. Lo último que supe es que estaba hablando de divorciarse de su marido, de todos modos. Dijo que se acostaba con otras mujeres mientras estaba de viaje. Por lo tanto, lo justo es justo.

No era el papel de Rowen juzgar a Lindsay por ese tipo de cosas. Ella no sabía toda la historia entre ella y su marido. Tampoco era su moral lo que más le preocupaba.

—¿Con quién coqueteaba normalmente?

Justin pensó en eso.

—Diferentes chicos. Ella encontraba uno que le gustaba y se centraba en ellos por un tiempo. Coqueteó con Ben por un tiempo.

—¿Ben? —Rowen se sorprendió al oír eso. Estaba descubriendo todo tipo de cosas sobre su ex últimamente— ¿Quién más?

—Parecía que con tu hermano en la fiesta pasada —dijo Justin, hablando con Eric—. Ella bailó con él por un tiempo. Después iba a llevarla de regreso a casa.

—¿Y la viste subir al auto con él? —Eric insistió, sonando escéptico.

Justin se mostró escéptico. Le dio a Eric una mirada sucia.

—Por supuesto que sí. Si digo que sí, lo hice.

Rowen prosiguió:

—Dinos exactamente lo que viste —interrumpió antes de que ninguno de los dos comenzara una pelea.

—Bueno, como dije, fue una gran fiesta. Sólo vi a Lindsay un par de veces durante ella —Justin se quedó callado por un momento. Sus ojos se pusieron borrosos. Probablemente estaba viéndolo en su cabeza—. Ella estaba bailando y bebiendo. Le gustaba David. A mucha gente le gustó esa noche. Dijo que estaba forrado y que tenía dinero en su billetera para respaldarlo. Algo como tú —Justin apuntó a Eric—. De todos modos, la vi con él de vez en cuando durante de la noche. La última vez que la vi, estaba llorando.

—¿Por qué estaba llorando? —Preguntó Rowen.

—Quiero decir, no lo sé con seguridad, pero... Me imagino que tendría algo que ver con su corte en su brazo —Justin indicó su propio antebrazo—. Más tarde encontré el espejo de cuerpo entero quebrado en el baño. Creo que alguien pudo haberla empujado.

—Mi hermano no es violento —intervino Eric.

Justin esnifó ante eso. Indicó su propio labio dividido.

—Tengo que estar en desacuerdo con eso, pero podemos dejar que la policía lo decida, supongo.

Eric empezó a decir algo más, pero Rowen le puso una mano en la rodilla. Ella le dio una mirada significativa. Habría mucho tiempo para pelear cuando todo esto hubiera terminado.

—Como decía —continuó Justin—. La mantuve vigilada después de eso. Se quedó con David, pero estaba con los ojos llorosos. Creo que sólo quería salir de ahí. La llevó afuera —Justin señaló la ventana por la que los había visto desde que llegaron—. La vi en su auto a través de esa ventana. No me agradaba el tipo, pero no inventaría algo así.

Eric hizo un ruido de desaprobación. No dijo nada, pero era obvio que tenía sus dudas.

—Entonces, ¿por qué no le dijiste a la policía lo que habías visto inmediatamente? —Preguntó Rowen. Estaba haciendo el papel de un inocente en todo esto, pero bien había aceptado el dinero del chantaje. Eso solo fue motivo de mayor sospecha.

Justin parecía que estaba tratando de formular una mentira. Afortunadamente, lo pensó mejor. Esos mil dólares deben haber sido muy tentadores. No iba a arriesgarse insultándolos con una mentira evidente.

—Tengo muchas deudas —admitió—. Y, ya sabes, las fiestas son caras. David me visitó la noche después de que todo pasó. Había oído hablar del asesinato y quería que le dijera lo que sabía de la noche anterior. Dijo que había sangre en el asiento del pasajero de su auto. Después de escuchar sobre el asesinato, supongo que eso lo preocupó mucho.

Eric se inclinó hacia adelante. Esta parte, especialmente, parecía interesarle.

—Tu no le dijiste a la policía inmediatamente porque no crees que él lo haya hecho.

Justin lo miró fijamente. Empezó a objetar, pero finalmente extendió las manos.

—En realidad no, no —admitió—. Quiero decir, volver a la escena del crimen para preguntar qué pasó no me parece realmente el comportamiento de un asesino, no es que sepa del tema, igualmente. Por otro lado, estaba bastante destrozado. Creo que pudo haberlo hecho y luego no recordarlo. Sin embargo, no me parece el tipo de asesino en serie. Si él la mató, creo que fue un accidente.

—¿Le dijiste a la policía eso? —Preguntó Eric.

—No —dijo Justin—. Pero yo no les dije que pensaba que era el asesino, tampoco. Acabo de decirles lo que vi.

—De acuerdo —Eric se puso de pie.

Rowen le frunció el ceño a su novio. Parecía que acababa de decidir que se irían ahora. Ella querría quedarse y hacer algunas preguntas más, pero aparentemente, Eric pensó que habían oído todo lo que necesitaban oír. Ella también se puso de pie.

—¿Qué hay de mi dinero? —Preguntó Justin, mientras ambos caminaban hacia la puerta.

Eric sacó algunos billetes de su billetera y los tiró al suelo al salir. Justin le dijo algunas palabras sobre su espalda mientras ambos se alejaban.

—Probablemente deberías intentar tenerlo de tu lado —advirtió Rowen—. Podrían pedirle que testifique contra tu hermano.

—No estoy seguro de que se atrevería. Esta es la segunda vez ahora en que ha tomado dinero de soborno, y no es un muy buen mentiroso —Eric entró en el asiento del pasajero del auto—. Además, no creo que el caso contra mi hermano vaya a llegar tan lejos, no si tengo algo que ver con eso.

—Espero que tengas razón —dijo Rowen, entrando también.

—Vamos a pasar por la estación de policía —dijo Eric—. Necesito ver a mis padres.

Rowen asintió con la cabeza. De todos modos, no tenía un destino en particular. Hablar con Justin no había producido exactamente los resultados que ella esperaba. En todo caso, habían dado un paso atrás. Estaba teniendo algo de problemas para imaginarlo como un asesino ahora. Parecía demasiado patético para ser un asesino. Exprimiendo su cerebro para saber qué hacer a continuación, Rowen se dirigió hacia la estación de policía.

Capítulo catorce

Rowen estacionó fuera de la estación de policía y dejó entrar a Eric. Se quedó en el auto para llamar a sus parientes. No había hablado con Rose y Margo desde que las había dejado en la oficina esta mañana. Ella las llamó primero.

—Hola —respondió Rose, sonando exhausta. ¿Quién podría culparla? Había tenido un largo día.

—¿Cómo están ahí, aguantando? —Preguntó Rowen— ¿Todavía hay gente fuera?

—No —dijo Rose—. No he visto a nadie por aquí por un tiempo, gracias a Dios.

—¿Tuvieron que llamar a la policía?

—No, Margo salió y les dio con la manguera —dijo Rose—. Era sólo una manguera de jardín, pero supongo que a nadie le gusta mojarse.

Rowen se rió. Bien por Margo. Eso probablemente no les habría ganado ninguna simpatía, sin embargo. Por supuesto, Rowen ya no estaba segura de que le importara lo que Lainswich pensaba.

—Creo que algunos aún podrían estar en el restaurante al otro lado de la calle —se quejó Rose—. Puede que hayan ido allí a cenar, pero aún no queremos irnos. Tememos que nos sigan hasta el auto.

—Pasen la noche allí si es posible —dijo Rowen, golpeada por una repentina y muy real preocupación por sus primas—. Una noche incómoda en la oficina es mejor que una turba enojada.

—No creo que estén enojados. Creo que sólo estaban buscando una oportunidad para acosar a nuestra familia —Rose dio un suspiro triste—. Pero, sí. Planeamos pasar la noche. Hemos probado con la Ouija un par de veces más, pero no hemos tenido suerte. Definitivamente se ha ido, Rowen.

—Lo sé.

—¿Cómo están las cosas de tu parte?

—Sin incidentes —informó Rowen con tristeza—. Encontramos una buena pista antes, pero no tengo muchas esperanzas. Estoy a punto de llamar a casa ahora, para ver si lograron algo con ella. Dale a Margo mis saludos y deséame suerte.

Rose lo hizo. Rowen colgó y llamó al teléfono de Willow.

—Hola, Rowen —respondió Willow con un bostezo después de un par de tonos—.

—¿Tuvieron suerte? —Preguntó Rowen, con la esperanza de una respuesta afirmativa.

—No realmente —dijo Willow, aplastando sus esperanzas casi de inmediato—. Lindsay tenía un diario bastante aburrido, siendo honestos. Sobre todo, acaba de escribir sobre todos los programas de televisión que le gustaban... Y esa mujer veía mucha televisión.

—Oh, ¿es Rowen? —Preguntó la voz de la tía Lydia.

Rowen había querido hablar con Willow. Por eso llamó a Willow. Pero no había nada que ayudara ahora. Se preparó para una conversación con su tía.

—¿Cómo va el trabajo de detective, querida? —Preguntó Lydia. Al menos todavía estaba de buen humor.

—Podría ser mejor —admitió Rowen—.

—Bueno, todavía estamos revisando el diario de esta mujer, Lindsay —le aseguró Lydia—. Tuve que salir de la habitación un par de veces, sin embargo. Esa chica arruina muchas series. Esperaba ver a algunos de ellas alguna vez. Realmente no me gustan los spoilers.

—Bueno, su fantasma ya ha seguido adelante, tía Lydia. Vas a tener que esperar un rato para quejarte de eso con ella.

—Sí, sí. ¿Dónde estás ahora?

—En la estación de policía, así que voy a dejarte. Estamos visitando a la familia de Eric —Rowen comenzó a salir del auto—. No esperen despiertas a Margo y Rose —agregó—. Podrían quedarse a pasar la noche en la oficina hoy.

Tía Lydia hizo un ruido de disgusto por eso.

—Bueno, ten cuidado —dijo.

Rowen prometió que lo haría antes de colgar y entrar. Podía oír a los tres Richardson hablando a la vez tan pronto como entró por la puerta. Aparentemente, lo hacían todo el tiempo. No estaban discutiendo, sólo haciendo más llamadas telefónicas. Rowen todavía no había sido capaz de entender exactamente lo que estaban haciendo. Algo sobre las acciones y empresas propietarias. Esperaba que el arresto de David no los hubiera golpeado muy fuerte.

Sin querer interrumpirlos, Rowen volvió a sacar su teléfono. Le envió un mensaje de texto a Ben para hacerle saber que estaba allí. No tenía nada de qué hablar con la recepcionista. Mientras estuviera aquí, podía hablar con Ben. Él era el único que parecía tomarse el caso en serio, y ella todavía no estaba lejos de saber que había estado en la fiesta a la que

Lindsay había asistido antes de su muerte. Solo sabía que había algo en eso.

Ben no abrió el mensaje. Fue a la sala de espera y le frunció el ceño.

—¿Qué estás haciendo aquí? —le demandó.

—Arrestaste al hermano de mi novio —dijo, señalando hacia atrás—. ¿Recuerdas?

Ben puso los ojos en blanco. Ella realmente no estaba tratando de ser difícil, pero eso no significaba que no le gustaba apretar sus botones un poco. No apreciaba mucho que le prohibieran estar en algún lugar en particular.

—¿Tienes un minuto para hablar? —Preguntó.

La recepcionista los estaba observando por encima de su monitor de computadora. Sus ojos estaban estrechados y sospechosos, como si hubieran publicado algún tipo de memorándum sobre la presencia de Rowen aquí.

—Afuera —dijo Ben, señalando las puertas en frente.

Rowen siguió a Ben afuera. La llevó a un lado del edificio donde se apoyó contra la pared y sacó un paquete de cigarrillos. Se arrugaba la nariz.

—¿Quieres uno? —Ben preguntó.

Rowen negó con la cabeza, dando un paso lejos de él cuando encendió la cosa.

—Lo siento —dijo Ben—. Mal hábito, lo sé. Sólo fumo cuando estoy estresado.

—Seguro que tienes muchas razones para estar estresado en este momento, ¿eh? —Rowen se inclinó hacia atrás contra la pared también— Fui a hablar con

Justin hoy —dijo Rowen, volviendo directamente a la conversación.

Ben exhaló humo y le frunció el ceño.

—¿Qué?   —Preguntó   Rowen,   fingiendo inocencia— Libertad de prensa y todo eso.

—Entorpeciendo una investigación policial y todo eso —le disparó Ben.

—No es difícil —corrigió Rowen—. Acabo de ir y hacer algunas preguntas.

—¿Y?

—Y tenía mucho que decir sobre ti —Rowen observó a Ben por un momento, tratando de medir su reacción. No hubo mucha. Ella continuó—. Dice que vas a sus fiestas a menudo.

—No tan a menudo —dijo Ben, sonando despreocupado—. Voy a veces, sin embargo. Me gusta relajarme en mi tiempo libre.

—Parece que muchos policías van allí —dijo Rowen—, y muchas leyes se rompen.

—¿Lo hacen? —Si Rowen iba a hacerse la tonta, parecía que Ben estaba contento de hacer lo mismo— Nunca me di cuenta.

Rowen se quedó en silencio por un tiempo. Ella vio a Ben, tratando de averiguarlo.

—Has cambiado mucho —dijo. Bueno, ella no había estado tan cerca de él en mucho tiempo, pero los hechos eran hechos—. ¿Qué te pasa? ¿Qué pasó?

Ben se encogió de hombros. Parecía que no iba a decir nada al principio. Finalmente se agrietó, sin embargo, descomponiéndose y volviéndose un poco más cándido.

—No lo sé —dijo con un suspiro—. Supongo... Al hacerme más viejo, se me fueron cayendo un montón de ilusiones que tenía. Las cosas no son tan transparentes y simples como pensé que eran una vez. La justicia no es tan simple.

Eso no fue algo reconfortante de oír. Se le había pasado por la mente a Rowen antes, sin embargo.

—Nadie parece realmente prestar atención a las cosas que suceden en Lainswich. ¿Supongo que mucho se pasa por alto y queda sin resolverse?

—Algo así —dijo Ben, con una sonrisa sin alegría—. No me molestaba tanto con las pequeñas cosas. La mayoría de los crímenes que ocurren por aquí son inofensivos, ¿sabes? ¿Esto, sin embargo? Esto es asesinato. Esto es un gran problema.

—En el último asesinato te ascendieron —Rowen nunca había estado muy segura de por qué. Lo habían hecho, sin embargo. Parecía muy contento en aquel entonces.

—Ojalá no lo hubieran hecho —admitió Ben—. Me siento más inútil que nunca ahora. Al menos en ese entonces, tenía un rol. Ahora... Ahora, no estoy tan seguro de cómo me siento.

Rowen vio a Ben un momento más. Su corazón se entristeció por él. Realmente lo hizo. A pesar de que se habían separado en malos términos, ella todavía quería que encontrara la felicidad en su vida. Sin embargo, no había nada que pudiera hacer por eso. Volvió al tema en cuestión.

—Justin dijo que Lindsay estaba sangrando cuando se subió al auto con David.

Ben asintió con la cabeza.

—Estamos revisando el auto en busca de sangre ahora.

—La encontrarás —dijo Rowen—. El punto es que eso no asegura que él lo hizo. Y no sólo digo eso porque es el hermano de mi novio. Francamente, no soporto al tipo. Pisó todas las rosas de mi jardín con su auto. Pero no creo que sea un asesino, sin embargo.

—Esperaremos y veremos lo que dice la evidencia.

—A menos que tus compañeros de trabajo sólo estén buscando una condena fácil —Rowen tuvo que admitir que la evidencia que habían encontrado era condenatoria—. No creo que tú creas que lo hizo, tampoco. Creo que tus compañeros de trabajo y tu jefe acaban de desgastarte.

—Tal vez, pero ¿qué se supone que debo hacer al respecto? —Ben se llevó un largo tiempo su cigarrillo a la boca.

—Podrías trabajar conmigo —Rowen le ofreció una sonrisa—. Podríamos resolver esto juntos.

Ben dejó caer la colilla de su cigarrillo y lo aplastó en el asfalto con el dedo del pie de su bota.

—Eso no va a funcionar, Rowen. Lo siento —Se dirigió de regreso a la entrada principal—. Ven a buscarme si obtienes alguna evidencia real. Y no vuelvas a entrar. El jefe estará encima de mí si se entera que estás de vuelta por aquí.

Rowen lo vio irse. Se hundió contra la pared, sintiéndose más abatida que nunca. Sacó su teléfono y comenzó a enviar mensajes de texto a Eric. Lo menos que podía hacer era hacerle saber que tenía que esperarlo afuera. Su texto fue interrumpido por una llamada telefónica.

—¿Hola? —Rowen respondió. Era el número de Willow que llamaba.

—¡Fue alguien que trabaja en la policía! —Willow se desdibujó— ¡La J del diario es de alguien que trabaja para la policía!

El corazón de Rowen palpitaba en su pecho, ya sea por tener finalmente una pieza considerable del rompecabezas o porque las implicaciones de lo que Willow acababa de decir eran preocupantes.

—¿Cómo lo sabes? —Preguntó.

—Fue en una entrada anterior —explicó Willow. Estaba tan emocionada que estaba tropezando con sus propias palabras—. ¡Vuelve hasta agosto, tía Lydia! —Su voz se volvió distante, presumiblemente porque la tía Lydia acababa de tomar el teléfono.

—Hola, querida —dijo la tía Lydia—.

Rowen podría haber gritado.

—¡Ahora realmente no es el momento!

—Lo siento, querida. Sólo quería ser parte del gran momento —Tía Lydia sonaba ligeramente ofendida. Esperó, probablemente por una disculpa. Cuando vió que no la obtendría, suspiró y continuó—. En agosto, ella fue a una de las recaudaciones de fondos de la policía. ¿Recuerdas la de la pista de patinaje? Ella fue allí.

Rowen no recordaba ninguna recaudación de fondos de la policía en una pista de patinaje. Nunca se acordaba de ninguna recaudación de fondos. No era de asistir a ese tipo de cosas.

—¿Y?

—Y ellos... Bueno, hicieron algo juntos allí que ella describió con gran detalle —La tía Lydia se despejó la garganta—. De todos modos, estuvieron a punto de ser atrapados en el baño porque alguien vino a buscar a J. Estaba a punto de dar un discurso.

—Eso es genial —dijo Rowen—. Quiero decir, eso no es genial, pero... ¡Eso es algo! Probablemente fue quien la mató. ¡Sigue leyendo! Dime si encuentras algo más.

Tía Lydia empezó a decir algo más, pero Rowen había colgado. Corrió hacia la parte delantera de la estación de policía y atravesó las puertas delanteras. La recepcionista saltó y dio un grito.

—¡Oye! —Llamó detrás de ella mientras Rowen pasaba corriendo— ¡No puedes simplemente, oye!

Rowen encontró a Eric y lo agarró del brazo. Estaba terminando una llamada. Antes de que pudiera hacer otra, ella comenzó a caminar de nuevo hacia la puerta, tirando de él a lo largo detrás de ella.

—Vamos —dijo—, esto es importante —Miró a la recepcionista, que se había levantado de su escritorio específicamente para venir a gritarle que se fuera—.

—¡Me voy! —Rowen le gritó antes de que la recepcionista pudiera tener el placer.

Eric estaba absolutamente desconcertado cuando salieron por la puerta.

—Rowen, que cara…

—Fue alguien que trabaja en la comisaría —se desdibujó Rowen.

—¿Qué?

—Lo acaban de encontrar en el diario. El hombre con el que Lindsay estaba teniendo una aventura trabaja para la policía. Apostaría cualquier cosa a que el hombre con el que estaba teniendo la aventura fue el mismo que la mató —Rowen se dio cuenta de que estaba hablando bastante alto. Hizo todo lo posible para bajar la voz. Hablar de un asesino, que tambіén era policía, probablemente no era mejor hacerlo justo fuera de la estación de policía.

—Estoy pensando que Lindsay y este hombre han estado teniendo una aventura por algún tiempo. Su matrimonio estaba en las rocas. Estaba a punto de dejarlo. Tal vez este otro tipo tiene los pies fríos o tal vez ella no lo quería, después de todo. Tal vez rompieron. Tal vez ella siguió adelante. Tal vez ni siquiera eran exclusivos, pero él quería que lo fueran. De todos modos, creo que la vio coquetear con tu hermano. Se puso celoso. Hubo una pelea en el baño. ¡Bam! La empuja. El vidrio se rompe, su brazo sangra. Está más decidida que nunca a ir a casa con David.

—¿Por qué no? —Preguntó Eric, sonando muy interesado en esta teoría ahora que había escuchado la mayor parte de ella.

—Tal vez él la vio. Este amante celoso la ve a punto de irse con David —Rowen estaba pensando en todo esto como ella lo dijo, pero todavía tenía sentido para ella—. David está destrozado, así que no va a defenderse. Diablos, tal vez Lindsay incluso cambió de opinión. Tal vez empezó a conducir y ella tuvo dudas —El fantasma de Lindsay parecía bastante confundido acerca de cómo se desarrollaron las cosas al final. No he mirado el informe toxicológico ni nada, pero hay una buena posibilidad de que ella tampoco estuviera allí.

Eric se quedó en silencio por un tiempo, tomando algún tiempo para digerir todo eso.

—Eso es un… Bueno, ese es un gran hallazgo. Buen trabajo.

—Gracias —Después de la pelea que habían tenido antes, Rowen se alegró de escuchar algunos elogios.

—¿Qué pasará ahora, sin embargo? —Preguntó Eric, lo que era una pregunta válida.

Rowen no había llegado tan lejos.

—Hmm —Rowen miró su auto. Miró hacia abajo a su teléfono. Miró hacia atrás hacia el edificio de la policía. No quería decir que no tenía ni idea, pero… Bueno, no tenía ni idea. De repente, recordó lo que Ben había dicho.

—Debería buscar a Ben —Le había dicho que acudiera a él cuando tuviera alguna información real, después de todo. Empezó a moverse hacia las puertas de la estación de policía de nuevo, pero Eric la agarró del brazo.

—¿Y si Ben es el asesino? —Preguntó.

—Ben no podría matar a nadie —Rowen pensó que lo conocía un poco mejor que eso—. Además, el nombre del hombre con el que se acostaba comienza con "J".

—¿Y con qué empieza el segundo nombre de Ben? —Preguntó Eric.

Rowen pensó en eso.

—Su segundo nombre es Jay —Ella reflexionó por un momento—. Pero eso no tiene sentido. No es el asesino. Voy a ir a buscarlo —Corrió hacia el frente del edificio.

—¡Rowen! —Eric gritó detrás de ella, sonando exasperado.

—¡Lo siento! Sólo quiero resolver esto lo más rápido posible. ¡Puedes gritarme más tarde! —Rowen irrumpió a través de las puertas delanteras de nuevo, para el disgusto de la recepcionista.

—Oh, por el amor de Dios... —La recepcionista arrojó su pluma contra su escritorio mientras Rowen pasaba zumbando.

—¡Ben! —Rowen llamó, moviéndose entre los escritorios de atrás.

Ben levantó la vista desde su escritorio. Se puso de pie.

—Rowen, que cara…

—No hay tiempo para explicar —En realidad, probablemente había, pero Rowen no quiso. Le pidió a Ben que la siguiera.

Ben lo hizo, su cara ardiendo roja. Sin duda se arrepintió incluso de haber invitado a Rowen a ayudarle en el caso. Esto probablemente no era lo que había tenido en mente.

—¿Qué se te ha metido? —Preguntó, en el momento en que estaban fuera de nuevo.

—Me dijiste que acudiera a ti cuando tuviera evidencia —dijo Rowen con una sonrisa, que guió el camino de regreso hacia Eric y su auto.

Ben se apresuró a alcanzarla. Hablar de evidencia había recibido su atención.

—Eso fue rápido.

—Lo sé, ¿verdad? —Se detuvo fuera de su auto, justo al lado de Eric. —Ben, ¿cuántos oficiales conoces aquí que su nombre comience con "J"?

Ben se encogió de hombros. Pero eso no fue suficiente. Pronto se dio cuenta de que Rowen estaba buscando un número más exacto. Miró hacia arriba, murmurando números para sí mismo.

—¿Cinco, supongo? No... No, hay seis. ¿Por qué?

—Entra —Rowen le abrió la puerta del auto—. Tenemos que volver a mi casa.

—No —dijo Ben inmediatamente, dándole una mirada que decía que pensaba que había perdido la cabeza—. Estoy trabajando aquí.

—Y puedes hacer un trabajo mucho más importante en mi casa —Rowen indicó enfáticamente su asiento trasero—. Vamos. Llámalos en el camino. Diles que estás tomándote un descanso para almorzar —Rowen miró a Eric, esperando que la respaldara en esto.

Eric miró hacia otro lado en el momento en que Rowen lo miró. Aparentemente, no quería tener nada que ver con esto. Eso no debería haber sido una sorpresa. Había desaprobado abiertamente decírselo a Ben en primer lugar.

—¿Por favor? —Preguntó Rowen— Me conoces, ¿verdad Ben? Sé que hemos tenido nuestras diferencias, y sé que puedo ser difícil de llevar, pero tengo buenas intenciones, ¿verdad? Confías en mí, ¿verdad?

Ben la miró fijamente.

—No realmente —dijo, pero se subió a la parte de atrás de todos modos.

—¿Estás segura de que esto es una buena idea? —Preguntó Eric, ya que Rowen dio la vuelta hacia el lado del conductor.

—No —dijo Rowen—. Pero nunca estoy realmente segura de nada. ¿Vienes?

Eric puso los ojos en blanco.

—Por supuesto —dijo, abriendo la puerta lateral del pasajero y subiendo a su lado. No iba a dejar que Rowen hiciera esto sola, no después de que hubieran llegado tan lejos juntos.

Capítulo quince

Todo el mundo se sorprendió cuando Ben entró en la casa con ellos. Nadie estaba más sorprendido que la tía Lydia.

—Oh, Dios mío —exclamó, mirándolo de arriba hacia abajo—. ¡Pequeño Benjamín! Creciste —Ella fue y le dio un abrazo, como si hubieran pasado sólo unas semanas desde que había llevado a su sobrina al baile de graduación y no años.

—Me alegro de verte de nuevo, Lydia —dijo Ben, forzando una sonrisa mientras ella lo abrazaba.

La tía Lydia se aferró a él durante más tiempo del necesario.

—Siempre fuiste mi favorito —Ella lo abrazó un poco más antes de parecer recordar lo que había dicho. Tía Lydia levantó la mirada para encontrarse a Eric—. Excepto por ti, querido —añadió, un poco demasiado tarde.

—Entonces, ¿cuál es esta evidencia que querías mostrarme y por la que me trajiste hasta aquí? —Preguntó Ben, alejándose de Lydia.

Willow parecía indecisa. Rowen le hizo un gesto. Sacó el diario de donde lo había escondido en el escritorio detrás del arreglo floral de la mesa. Se lo ofreció a Ben.

Ben agarró el libro. Lo volteó en sus manos un par de veces, tratando de descifrar exactamente qué era. No tardó mucho.

—¿Es este el diario de Lindsay Martel? —Casi se le cae de las manos— ¿De dónde sacaste esta cosa?

—Por ahí —dijo Willow—.

—Lo encontré en la habitación de Lindsay —dijo Rowen, al no ver ningún sentido en mentirle a estas alturas. Eso sólo podría servir para empeorar las cosas—. Su esposo nos dejó entrar en su habitación para buscar fotos para una historia, y lo encontramos allí.

Ben estaba revisando las páginas. Se detuvo bruscamente cuando se dio cuenta exactamente de lo que era Rowen estaba hablando.

—No lo robaste ¿no? —No era una pregunta por la forma en que lo dijo. Salió más como un tipo esperanzador de negación.

Desafortunadamente, Rowen no pudo darle la respuesta que quería.

—Siempre podemos devolverlo luego.

—¿Devolverlo luego? —Ben repitió. Se quejó— No puedes simplemente... Rowen, esto es evidencia.

—Lo sé. Y ahora te lo entrego —Rowen no estaba segura de si eso contaba, pero ella esperaba que lo hiciera—. ¿Qué se suponía que debía hacer? No estoy segura de en quién puedo confiar en la comisaría... Por lo tanto, estoy confiando en ti.

—Marcamos las páginas que son relevantes —dijo Peony.

Ben miró el libro en sus manos durante mucho tiempo. Claramente estaba teniendo algún tipo de debate interno. Finalmente, lo abrió. No había muchas páginas para leer, y él leyó rápidamente. Cuanto más leía, más se le ensombrecía el rostro. Finalmente, dejó el libro. Tomó asiento en la mesa, casi perdiendo el equilibrio camino hacia abajo.

—¿Sabes quién es? —Preguntó Rowen. Sabía que todos los demás de la habitación se preguntaban lo mismo.

Ben asintió con la cabeza.

—¿Y bien? —insistió la tía Lydia sentada, literalmente, en el borde de su asiento.

—John —dijo Ben—.

Rowen tardó un momento en asociar el nombre.

—¿El Jefe de policía, John Tweed? —Estaba genuinamente sorprendida de escuchar eso.

Ben apoyó la cabeza contra su mano.

—Tiene sentido —dijo, sobre todo para sí mismo—. Sólo quería que este caso se cerrara. Estuvo en la fiesta esa noche. Fue a muchas de esas fiestas. Sabía que a veces rompía las reglas, pero nunca esperé algo así. Debería haber... Debería haber hecho algo.

Rowen fue a él. Ella puso una mano sobre su hombro.

—Puedes hacer algo ahora.

Ben levantó la vista. Asintió con la cabeza.

—Tienes razón —Respiró profundamente y se puso de pie—. Voy a tener que hacer algunas llamadas y probablemente dejar la ciudad por unos días. Necesitaremos un poco de supervisión sobre esto. Si nadie va a venir a Lainswich a investigar estos crímenes, voy a tener que traerlos aquí.

—Esto va a ser peligroso —advirtió Eric.

—Pero te apoyaremos —agregó Rowen.

—Te lo agradezco —dijo Ben—. Y cuando tenga la aprobación, considera a The Lainswich Inquirer como el primer periódico que tendrá la primicia.

La tía Lydia hizo un gesto ante eso.

—¿Qué? ¿No podemos hablar de ello hasta entonces?

Algo le decía a Rowen que los siguientes meses iban a ser duros.

Epílogo

Cuando finalmente arrestaron a John Tweed, Julia Martínez estaba allí para atraparlo todo en la cámara. Estaba absolutamente lívido, gritando y escupiendo. Fueron las brujas, insistió. Las brujas le hicieron hacerlo. ¿No habían visto la escena del crimen?

Al ver eso, Rowen no pudo evitar preguntarse si él y Lindsay no se habían unido por un odio mutuo por su familia. Sin embargo, ese odio parecía haber unido a la ciudad. No amaban a la familia Greensmith, pero algunos de ellos escribieron cartas de disculpa y apoyo durante el proceso del juicio. Los que habían estado fuera de su oficina protestando eran, en su mayor parte, quienes se disculpaban.

Las cosas no eran perfectas, pero eran mejores. Realmente, eso era más de lo que Rowen podía esperar.

David había sido liberado. Curiosamente, después de todo el asunto de su arresto dejó el negocio familiar. Sus padres no habían estado emocionados, pero había poco que pudieran hacer.

Se mudó a Lainswich. Uno pensaría que el lugar sería un mal recuerdo para él, aunque juró y perjuró que le encantaba el lugar, aunque...

Honestamente, Rowen temía que fuera Margo la que le pareció encantadora. Los dos habían pasado mucho tiempo juntos. Prácticamente vivía en la oficina, trabajando, a pesar del hecho de que no le pagaban. Rowen suponía que podía dejar que se quedara un tiempo. Cuando estaba sobrio, no era tan malo. Además, había reemplazado el rosal en su jardín. No era tan lindo como el anterior, pero eran sus buenas intenciones las que importaban.

La historia que escribieron sobre Lindsay fue bien recibida. La nota que hicieron sobre la investigación del asesinato fue aún más popular. Las ediciones impresas en papel se agotaron. Tuvieron que comprar más espacio en el servidor porque el tráfico colapsó en su sitio web. El trabajo dio buenos resultados.

También fue bueno para Ben. Las cosas habían sido muy difíciles para él después de que salió en contra de su antiguo jefe. Sin embargo, todo había sido para mejor. Se rumoreaba que lo consideraban para el reemplazo del jefe de policía. Rowen pensó que sería un buen ajuste, pero no estaba segura de que él aceptara el trabajo.

Las cosas iban un poco menos fantásticamente para Rowen. Después del arresto de su hermano, Eric se había visto obligado a pasar más tiempo fuera de lo habitual. Las cosas parecían un poco tensas entre ellos desde entonces. En lugar de esperar su regreso, Rowen se encontró temerosa. Ella estaba segura de que la próxima vez que lo viera, él volvería allí para romper con ella.

Llegó un miércoles, cuando Rowen estaba en su oficina, trabajando en una nueva historia. Rose lo dejó entrar.

—¿Adivina quién está de vuelta en la ciudad? —Dijo con una sonrisa.

Rowen se sorprendió al ver a Eric entrar por la puerta. No le había dicho que vendría, ¿verdad? Trató de recordar. No creía que él lo hubiera hecho.

—Perdón por venir y sorprenderte así —dijo Eric, yendo a su escritorio. Ella se puso de pie para saludarlo, y él la abrazó—. No pensé que iba a ser capaz de venir esta semana, pero mis planes cambiaron en el último minuto, así que aquí estoy.

Rowen dio un paso atrás. Ella lo miró de arriba a abajo con una sonrisa triste. Ella quería tanto que las cosas funcionaran entre ellos.

—Bueno… Aquí estás.

Eric debió haber sentido la ansiedad en su tono.

—Mira —dijo—. Sé que las cosas han estado… un poco tensas entre nosotros.

Había llegado el momento.

—Por eso, si estás de acuerdo, voy a tomarme un descanso del trabajo por un tiempo.

—¿Qué? —Rowen preguntó, mirándolo fijamente. No se esperaba eso.

—Estoy pensando en conseguir un lugar aquí abajo —explicó Eric, ofreciéndole una sonrisa—. ¿Qué te parece?

—¿Qué me parece? —Rowen se rió. Por qué la amaba así, ella nunca lo sabría, pero ella lo adoraba por ello— Simplemente perfecto —Ella no lo besó en ese momento. Se sentó con él y hablaron. Habría tiempo para besarse más tarde. Eric se había asegurado de eso. Habría tiempo para muchas cosas.